真的

I'M LYING,
AND
I'M LOVING.

劉梓潔

Essay Liu

如果你仁慈，別人可能會污衊你別有所圖，但無論如何，要仁慈。

如果你誠實，別人可能會欺騙你。但無論如何，要誠實。

如果你找到快樂，別人可能會嫉妒你，但無論如何，要快樂。

你今天做的好事，可能明天就被忘記，但無論如何，做好事。

將你所擁有最好的部分給這世界，它也許永遠不夠，但無論如何，給出你最好的。

因為，到了終點，這是你與神之間的事。

這從來都不是你和別人之間的事，無論如何。

——德蕾莎 修女

目錄

上部

Maya

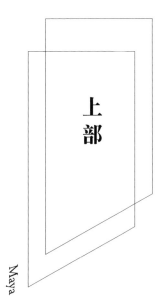

第一章 馬姊的家

自遇詐騙以來，看什麼皆假。

確認被何天盟騙走的錢真的拿不回來之後，馬翠翠還是一如往常，打開了衣櫥，把自己打扮妝點好，裝做很有氣勢的樣子，去看房子。

那房子在老舊的社區華廈裡，每一樓層皆是一個回字，中間夾著聊備一格的中庭。出了電梯，便是四方互通的走廊，她看的那戶在最邊間。從進門左側的木頭柵格開始，再到地上那兩片大石板，走的是低調無菜單高級日本料理餐廳風，但進到裡面，就全部是廉價組裝家具了。主臥正中央那最陽春的組裝床，根本漆料塗裝的味道都還在，床上那套IKEA最廉價的被套組，上面摺痕還很明顯，鬼才相信屋主夫妻在上面搖出一對雙胞胎來。但仲介說的向來是鬼話，馬翠翠保持住自己的精明形象，又要溫和柔軟。對，她不能是包租婆，她是馬姊，豪爽又親切的馬姊。

不，這次也不能太豪爽，走的是氣質路線。馬翠翠繼續不動聲色地看著這虛假的小家庭。玄關的羊角掛衣架上面很隨興地披掛著兩條無印良品風情侶圍巾，門後的掛鉤掛著一條牛仔褲，開放式廚房的中島上擱著一對咖啡杯，屋主努力地陳設出：我們真的是很有品味也想長住的小夫妻，當初裝潢這間房子真的用心又花錢，要不是懷了雙胞胎住不下，我們真的不想賣。

這四句話講完的劇本，仲介不斷加油添醋重複說著。

仲介是個聒噪的年輕女孩，單眼皮，薄嘴唇。看得出來，假睫毛是約莫兩個月前種的，右眼已經掉光，現在只剩左眼三叢特別長的，眨呀眨的。

那是馬翠翠在一個心理激勵課程學到的。若不敢看著對方的雙眼說話，就只看他的左眼，用力地看進去，對方仍會感受到你的真誠，仍會以為你用雙眼看著他的雙眼。

馬翠翠打開流理台上方的櫃門，空的。她再摸摸窗台上的小盆栽，葉子是塑膠的，假的。

女仲介發現了，科科乾笑了兩聲，說：「那個只是擺好看啦，做得很像齁，這樣好啊，不用照顧。」馬翠翠在心底先說了聲抱歉，然後冷不防地開口：「你的睫毛也是假的，但是很難照顧吧。」

女仲介不但沒被激怒，反而嬌嗔起來：「哎呦，我就想說讓它自己自然掉光就好了，像女明星都嘛是每三天就去補種，我哪有那個美國時間。」

她說完，看著馬翠翠名牌膠框眼鏡後面的眼睛，說：「白姊，你的睫毛就是真的吧，好長哦，好羨慕喔。」

馬翠翠本來今天不想太多話，但藉著假睫毛話題搏暖倒是不錯。馬翠翠說：「我以前也種過啊，掉光了，再去種，後來，好像不用種它就自己越長越長了。」這是真的，很多專門在種睫毛的美容師都會這樣說，馬翠翠沒想過，在自己身上也驗證了。

女仲介好像感受到眼前這座冰山融化了一點點，搶拍發問：「白姊，你如果真的有喜歡這房子，開個價吧，我幫您送斡旋！」

馬翠翠話鋒一轉，問：「這是投資客吧？」

女仲介支吾起來，在背誦的那四句話劇本上跳針，最後停在：「他們真的很捨不得，也沒有一定要賣。」

「那就不要賣。」馬翠翠聽見自己悠悠地說，嘴角仍是帶著笑意的。

不買最大。女仲介說底下還有好多組客人，她要繼續留下來帶看。馬翠翠自己下樓，她知道今晚女仲介就會再打電話來，演出一齣改稿2.0版的劇碼，更正說法，大意是屋主先生想賣、太太不想賣，所以可以從先生下手，好好去砍價云云。馬翠翠永遠不懂，為什麼自住自售聽起來就比較清高，投資客就顯得沒格調，或者，自住代表有情感很珍惜所以價格可以很硬，投資客就準備來個漫天廝殺。

馬翠翠不想被吵，至少今天。她把手機裡，那張看屋專用的SIM卡拔出來，裝上自己原本的。

假電話，假名字。她習慣在看屋時說她自己姓白，那是她買第一間房子時，那位仲介阿姨的姓，馬翠翠至今沒再遇過那麼高招又柔軟的仲介。那位白阿姨說的每一句話都像真的，你永遠搞不清楚她分別在買賣方面前各說了什麼鬼話，但總是快速順利成交，雙方滿意。

房子脫手也是委託白阿姨，還簽了「專簽」，即不可以給其他仲介賣，但價錢一定談到最高。不到一個月，賣掉了。白阿姨拿佣金從不客氣，尾數全拿，馬翠翠欣賞這種作風，那代表她憑本事賺到的，毋須客氣。但白阿姨身上看不到任何王牌仲介的派頭，菜市場花襯衫加歐巴桑版型牛仔褲，一台TOYOTA開到報廢，說賣完她房子就要換新車，開來，仍是一台新的TOYOTA。

白阿姨叫她小馬，那天過完戶，白阿姨開新車帶她去一間半山腰的宮廟，說是要去謝謝。馬翠翠記得很清楚，白阿姨說：「因為做我們這一行，難免有時不能說真話，所以一定要信神。」

是來神這兒懺悔，還是繳點香油錢當作繳稅給上帝呢？馬翠翠那時還不懂這些。白阿姨問她有沒有事情要問，裡面有個仙姑很靈驗，馬翠翠本想跟著進去看熱鬧的，手機卻響了，是錢偉豪。她交往過最久的男朋友，從男女合班的私立高中到二十五歲她買房為止，整整八年，分手八年沒聯絡，現在竟然打來電話。

馬翠翠退到宮廟外，在香爐旁邊接起。錢偉豪一開口就說：「那是我們最後一次嘿咻的房子耶，你竟然捨得賣？」

「沒水準！你怎麼知道的？」

「網路啊！」

「你沒事上房仲網幹嘛？」

馬翠翠從沒想過，八年沒聯絡的初戀男女朋友講起話來竟像哥們。錢偉豪一直是個魯蛇，他們一樣大，馬翠翠二十五歲就買房這件事對他自尊傷害過大，成了分手的導火線。

在翠翠搬進新家那天，錢偉豪還來幫忙了一整天。兩人一起擠在搬家公司小貨車的前座，和師傅聊著天。師傅問是為了要結婚買的新房嗎？她搶答：「不不，是我的房子。」她說的是實話，他們在一起很快樂，但也還沒要結婚。一說出口她就知道自己踩線了，但來不及。

錢偉豪幫忙她把大型家具歸位，把陽春的床頭小音響組好，天色已黑。翠翠像個新歡嬌妻喜孜孜找出裝桌巾的那個黑色大垃圾袋，翻出一條紅白格子布，把四個箱子堆成一個小茶几，鋪上桌巾，幫兩人各搬一個紙箱當椅子。速速進廚房下了麵，做了以前錢偉豪最愛吃的「乞丐麵」：鹽巴、蒜頭、迷迭香、橄欖油拌義大利麵，又翻出包在泡綿裡的平價紅酒、找出杯子，她要陳設出窮人的幸福，如過去他們在各自的陽春學生套房的默契。

但當一切就緒，錢偉豪無視眼前小情侶小浪漫小確幸，在陽台抽完菸，直接走到了門口，退出門外，說：「你別跩。在我自己買房子之前，我絕不會踏進你家一步！」像個在課桌上畫線的小男生。他進電梯，沒感應卡按不了，翠翠傻愣了一下，拿出保全磁釦赤腳走出去，嗶嗶，門關上。她沒看他一眼。

進屋，馬翠翠拿濕抹布擦掉地板上的一堆灰色鞋印，自己吃喝起來，學習感受一個人生活的寧靜與遼闊。她以為她做的一切，是會讓他開心的。以前他們愛騎摩托車到文化大學的頂好超市，買一小瓶便宜紅酒和一小塊起司，拎著到後山對著夜景，一人一口起司一口紅酒。

後來，錢偉豪又回來了，他們又藕斷絲連了大半年。其實兩個人都擋不住瞬間分手的寂寞，在一起蠻好的嘛，我們就繼續好好在一起吧。錢偉豪改口說不買房子了，卻花錢像流水。開始搞音響、搞古董家具，在翠翠那不甚寬敞的兩房一廳擺進太師椅和石獅。他們騎摩托車去大賣場，兩百九三百九的紅酒一箱一箱買，他們那幾個月很愛去香港，每次去兩人都買一身全新行頭，墨鏡、包包、鞋子，信用卡刷到不能再刷。

這些東西把公寓堆到滿出來，空間小了，人就容易吵架。兩個人還是分手了，用比較大人的方式。馬翠翠說：「其實我們需要各自一個人生活看看。」他點點頭，同意。

錢偉豪問那些古董是不是可以賣掉，因為他存摺已經提不出錢。她衡量了一下存款，說：「我買吧，我給你錢。」他們還心平氣和地分著中性的包包、帽子和墨鏡。錢偉豪像裝垃圾一樣裝進大垃圾袋。

那夜，他們在新家還是做了，馬翠翠還發神經一直流淚，喃喃說：「最後一次了、最後一次了。」這麼多年，馬翠翠希望有生之年時光機真的發明成功，她要回去呼年輕的自己一巴掌。

錢偉豪又憶起了自己的雄心壯志，離開前再次對翠翠說了那句話：「在我自己買房子之前，我不會再踏進你家一步。」但這句話並不代表：「我買了房子，能跟你平起平坐時，我們就復合。」沒錯，不知道錢偉豪後來有沒有買房子，但是聽說他幾年前結婚了，跟一個學妹。

油嘴滑舌兩三句後，搞清楚了，錢偉豪現在也在當仲介，賣房子，他在網路照片看到那熟悉的位置與格局，認出來是馬翠翠的房子，希望她念及舊情，能把房子給他賣。

「我賣掉了，剛剛成交了。」馬翠翠說的是實話，但錢偉豪一定覺得她在說謊，只是為了甩掉他，不與他再有任何瓜葛。

馬翠翠禁不住好奇，還是上網查看了一下，果然，仲介個人專頁有個「錢偉豪」，與所有仲介一樣，油光滿面，握著拳咧嘴笑，信心滿滿樣，底下寫著：「小錢竭誠為您服務」。馬翠翠莞爾，稱自己為小錢，難怪賺不了大錢。她把這個小房子賣掉之後，開始玩起不動產投資，幾次的確動心起念讓小錢竭誠來為她服務一下，但總是到撥出電話那刻又冷掉了。

那時她也一邊上些心靈成長激勵課程，「傾聽你內在的聲音」，老外講師最愛這樣說。她內在的聲音總告訴她自己：別搞了，有婦之夫沒前途。

曾經她以為錢偉豪是有前途的，在他們一起考上三流大學的室內設計系時，兩人老愛到處去看樣品屋。但是錢告訴她，我們騎著摩托車，穿這什麼系上籃球隊跟排球隊的T恤，不會有人理我們的。所以，剛拿到駕照的錢偉豪去租了黑頭名車，兩人又去精品街買稱頭的衣服。

在那條號稱台灣首條露天咖啡座的精品街商圈之中的一家服飾店裡，馬翠翠看上了一件白襯衫，女店員告訴她：「妹妹，你很有品味，這是照三宅一生的版子做的。」

「意思是，不是真的？」馬翠翠馬上掛回去了，她沒聽過三宅一生，但是，「照它的版子做」代表仿的。她花了三個月時間打工，每天站便利商店大夜班，終於買了一件真的三宅一生，和穿著一千八一套阿瑪尼版型西裝的錢偉豪，手勾手走進一代又一代的銷售中心和樣品屋，拿了一疊又一疊的精美宣傳冊。

他們都在裝。但她是裝真的，小錢是裝假的。於是，畢業以後，他們一個成了買房子的人，一個成了幫人賣房子的人。

而現在，馬翠翠從一戶看得心煩的假品味假恩愛夫妻宅出來，在那陽春狹窄的電梯裡，她看見四十三歲的自己，馬尾紮得低低的，黑框眼鏡，寬版黑色麻褲，上半身，仍是一件三宅一生白襯衫，她突然有點想念錢偉豪。

不，傾聽你內在的聲音。

對，錯了。我想念的是丁亞東。

這麼說好了，若不是丁亞東突然人間蒸發，馬翠翠不會聽信那對香港自由行夫妻，去認識他們在廈門經商的侄子何天盟，然後跟這個有著帥氣英挺照片的喪偶中年男子，談了一場見不到面的戀愛，最後還把一大筆錢給了他。

她當然報了案，還透過關係查了那對香港夫妻，結果全是人頭。她懷疑其實從頭到尾都是那太太拿著變聲器跟她談戀愛。這事說小不小，說大不大，反正不過是她這幾年投資賺的零頭。

他們第一次在LINE聊天時，何天盟直接說了：「我四十五歲，你四十三歲了，我們都沒有時間了，一次讓對方看個夠吧。」

他傳來了好多張公司登記證和財務報表，一整本他出國打高爾夫球的網路相簿，其中有幾張還是泳褲照，身材保養得宜。

馬翠翠不遑多讓，但她俏皮一點，要他：「你打上馬姊的家四個字去搜尋，我就被你看光光了。」

這的確是中年人的調情法。何天盟的背景是，年輕時忙著打拚創業，三十五歲才結婚，四十歲老婆就因為子宮頸癌過世，膝下無子。他也不敢再愛。他真的用了這四個字。「朋友說，憑我的條件嘛，外表跟財力都還行，要去內地找個三十出頭歲的來生小孩，不是沒可能。但我不要，何必蹉跎人家。」

字字真誠中肯，馬翠翠照單全收。何天盟當然好奇這「馬姊的家」民宿，真的都是她自己的房子嗎？馬翠翠答：「這二十年，我自己一間一間掙的。」

她不知道為什麼自己要變得中國腔，也許這就是甘願戀愛的開始。

「關於我們」裡把馬翠翠的身價標得鉅細靡遺：

2005　馬姊的家　三芝館
2007　馬姊的家　南京東路館

2009　馬姊的家　大安館
2009　馬姊的家　花蓮美崙山海館
2012　馬姊的家　礁溪溫泉館
2014　馬姊的家　台中草悟道館

每個館都連結照片，都是獨棟別墅。馬翠翠另外再傳上她出租中的多戶房子的照片，在在顯示，讓你看個夠。

連續兩三個禮拜的噓寒問暖之後，何天盟開始甜言蜜語了：「好希望在你每個房子裡跟你纏綿。」、「四十三歲還能懷上孩子的，我對我們有信心。」接著，便是以想你想到我心都痛之名，要馬翠翠拍張性感照傳過來。

那天馬翠翠正好去礁溪溫泉館巡視，跟小妹說她要試試蜜月套房的花瓣浴，自己搬椅子又疊毛巾，做了個自拍架，在圓形大浴缸裡擺了撩人姿勢，好險，倒是一點都沒露。

何天盟線上即時收到照片，播來語音通話，要她把花瓣撥開點，馬翠翠撒嬌嚷著要視訊，何天盟推說自己年紀大，是科技白癡，搞不懂那些東西。「寶貝，等你來了再教我。」馬翠翠說馬上買張機票去廈門，何卻說明天要去北京上海廣州出差。

「我怎麼知道你說的是不是真的？」馬翠翠對手機嘟著嘴說，她只懷疑他是不是在北京上海廣州有其他女人，根本沒去想他到底存不存在。沒見過面，已經學會吃醋。

「我說的話，你相信了，就是真的。你不相信，就是假的。」低沉的廣東腔，溫柔地說著。

「好！那我不相信！」馬翠翠快娃娃音了。

「好，那就是假的吧。」何天盟故意嘆口氣，語氣悲傷：「原來你還是不相信我。」

兩人沉默，沒見過面就開始冷戰。馬翠翠隱約聽到吸鼻子聲，心軟了一大半。「好啦，臭老公，我相信你啦。」

有天夜裡，兩人情話綿綿，開始聊起如何在廈門購置愛巢。何天盟傳了自宅照片，打通的低調奢華豪宅，面對大海的露台，說：「這還不夠我們住嗎？」馬翠翠說著如果到廈門生活以後，就要開一家「馬姊的家 廈門海景館」，台灣遊客那麼多，生意一定好做。

接下來，就是何天盟幫她看房子，代付斡旋訂金。兩三天後，說是另一組也出了高價，最好速戰速決。馬翠翠頭期款匯過去了，何天盟消失了。

她的精明是假的，笨才是真的。

對馬翠翠而言，像是關掉了一個LINE通訊畫面，刪除掉一個聯絡人，戶頭裡少了兩、三百萬，她可以當作完全不存在。

但是，她難免想，這個假人背後不知還有多少人，錢到手之後，會不會還來要她的命。畢竟，她在他們面前都已經露光光。她打去165報案時，也把這憂慮說給警察聽了，答案竟斬釘截鐵：「不會，他們要的只是錢。」

馬翠翠難免惶惶，要求員工嚴格登記每個住宿客人，尤其是大陸和香港的自由行旅客。這幾天她什麼都想過了，甚至想要乾脆把所有員工都資遣，所有房子都賣掉，拿著那到下輩子都花不完的錢，去住五星級飯店算了。但她只憂慮一件事，她怕丁亞東再回來時找不到她。

遇上何天盟之後，馬翠翠開始想，會不會丁亞東其實也是個幻影，畢竟他出現時就像個鬼。那是去年的聖誕夜，寒流天，三芝館推出住宿加聖誕大餐套組，訂房全滿，馬翠翠去支援。房客們酒足飯飽，雙雙對對回房間之後，窗外突然出現了一個人影，按了門鈴。

馬翠翠開門，是一個穿著棉襖、古人裝扮的年輕男生，牽著古董雙排腳踏車。他的半邊臉擦傷了，流著血，棉襖手肘處也破了，長髮中分，紮著低低的長馬尾。他說本來要騎腳踏車到海邊的露營區露宿，但是剛剛下坡時打滑了，想要找個地方借宿，清洗一下傷口。

「我身上一塊錢都沒有。但是我可以幫你或你們房客算塔羅，抵住宿費，我只要有地方打地舖就可以了，在院子露宿也可以。或是等我明天去北海岸市集擺攤賺了錢，就可以來還你錢。」

腳踏車後面掛了馬鞍包，裡面顯然是他的家當。他一字一字從容說著，提供了各種方案，顯然要馬翠翠選一個。馬翠翠一時不知如何反應，丁亞東再補上：「不算塔羅也可以，我這裡有一些古董，你看喜歡什麼？」

他把綑綁在後座的木箱打開，果然好多精巧溫潤的木雕神像。馬翠翠挑了一尊騎馬的關公，好像覺得這樣具有護身效果，一笑，對丁亞東說：「你在客廳打地舖吧，但是天亮就必須走，不能影響其他房客。」馬翠翠還拿了乾淨的浴巾和浴袍給他。

隔天醒來，丁亞東就不見人影了，浴巾和浴袍都沒動，整齊疊在玄關。聖誕節，馬翠翠送走客人，自己開車去了那個沙灘市集，找到丁亞東。他的腳踏車攤子讓她驚訝不已，不但算塔羅、賣古董，還有手沖咖啡。以小小的露營用爐火燒水，把咖啡裝在小巧的古董茶杯裡，年輕人們顯然很愛，他的攤子生意最好。

馬翠翠喝著咖啡，看他跟文青買家們談笑風生，一點都沒有落魄感。而與這些青花瓷相比，她民宿裡的那些北歐風大批生產餐具顯得虛假極了，她邀丁亞東收攤後再去一次馬姊的家三芝館。

這一次，丁亞東一住就住到了跨年。他幫馬翠翠改掉了四不像的南歐風院子，裝上石槽，擱上米甕。他們環島了一圈，丁亞東變身全能改造王，幫每家民宿都調整了擺設。

兩個人熟了，馬翠翠才知道，原來，他年紀整整小她一輪，他沒有家，但他有一個倉庫，有一個拍賣網站，窮到沒錢了，就賣點東西。

有個晚上他們一起喝了酒，醉後上了床，自然而然。馬翠翠不知道怎麼跟人形容他，說他是藝術家、古董收藏家還是流浪漢？在一起三個月後，馬翠翠帶他去安養院看阿春媽媽。

丁亞東很會逗老人，用撲克牌和手帕變魔術，又會唱日本兒歌。馬翠翠對他刮目相看，覺得他根本是個萬能百寶箱。

聽說，一個人能夠坦誠地跟另一個人說家裡的事，特別是與母親的關係，才算是真的信任了對方。丁亞東像是石頭裡蹦出來的，馬翠翠也不打算問他，但她自己卻全盤托出。

馬校長與賣麵阿春的愛情故事，在她出生的小鎮非常著名。馬校長是老芋仔，一直讓阿春在他家騎樓賣麵，那棟透天厝就在學校對面，麵攤生意很好，馬校長晚上也會幫忙，但兩人從沒什麼親密舉止，阿春每天收了攤就回家。

阿春四十歲，馬校長六十五歲的時候，馬翠翠來報到了。有人說是兩個人日久生情，有人說是阿春在外面跟人家生，馬校長愛屋及烏一起接收，總之眾說紛紜。而其中最妙的是，沒人見過阿春肚子隆起來過，婆婆媽媽們的說法是，阿春本來就胖，容易藏肚。

但他們還是成為了和樂的一家人，翠翠稱他們為爸爸媽媽，在多元成家這名詞還沒投胎之前，他們已經在小鎮上貫徹著。

馬校長活到九十歲，一生無病無痛，在睡夢中離去。他過世之後，阿春才告訴翠翠真相。其實，翠翠是阿春的妹妹的親生女兒，因為生太多養不起，她妹夫想把女嬰賣了，阿春力阻，把翠翠接回來，馬校長看她們母女倆可憐，一起收留了她們。

那時馬翠翠已經二十五歲，應該承受得起，但她卻突然有種舉目無親的孤獨感。她立馬改掉叫了二十五年的「媽媽」，改叫「阿春媽媽」。

好像美女作家冠上美女就不是真的作家，南港金城武不是真的金城武一樣，在媽媽前面加上阿春，就不是真的媽媽了。

她們協議把房子賣掉，買了兩戶，一人一戶。八年後，阿春媽媽中風半邊癱瘓，住進了安養院，她要馬翠翠趁現在價錢好把兩個房子一起賣了，再去買新房子，馬翠翠就這樣不斷繁殖出馬姊之家連鎖店。

錢偉豪曾虧她：含著金湯匙出生，但對馬翠翠而言，她怎麼出生的自己都搞不清楚。阿春媽媽成了她的養母，她能做的，不過是一個月去安養院看她一次。她告訴丁亞東，覺得自己有點狠心，畢竟現在自己所擁有的一切，都是馬校長和阿春媽媽給她的。

丁亞東聽這些時沒什麼感覺，說了「反正每個人都是孤獨的存在」、「這些是上天給你的賜予，不過透過這兩位老人家傳給你而已」這類很哲學又很冷血的話。奇妙的是，馬翠翠覺得中肯。

一個月後，他說錢已經存夠了，要騎腳踏車去西藏，然後死在路上，便不告而別。丁亞東沒愛過她，馬翠翠很清楚，於是，最糾結的是，因為得不到所以更忘不了，或者，丁亞東身上那真實得會灼傷人的東西，真的牽動了馬翠翠呢？

應該再去看阿春媽媽了，馬翠翠想。她不會告訴患上阿茲海默症的老媽媽，她剛被騙走了幾百萬，但也許會輕輕趴在她的膝蓋上，讓老媽媽撫撫她的髮鬢，像小時候一樣。
安養院的停車場滿了，她停到隔著一條馬路的收費停車場。過馬路時，一個衣衫襤褸的男人，牽著摩托車走過來，神情狼狽。他說：「小姐，我身上沒錢了，可以給我五十塊加油嗎？」
馬翠翠猶豫了一下，在紅燈滅綠燈亮時，掏出了五十元硬幣，放到他手上。結果，男人跨上機車，騎走了。
騙子無處不在，馬翠翠但願這五十塊男是來幫她破財消災的，她這輩子欠騙子的額度已經償還完畢，何天盟永遠不會再找她麻煩。
一進房間，阿春媽媽笑得很開心，神志清晰，她告訴馬翠翠：「彼咧少年阿，阿丁，擱有來過哦。」
「什麼時候?!」馬翠翠驚大於喜。
「好像是昨天、前天、還是上個禮拜……」阿春媽媽恍惚起來。
「他做了什麼呢？」
「他變了兩隻鴿子給我。」
「阿春媽媽，你慢慢想，阿丁是哪一天來的？」

「好像是昨天、前天、還是上個禮拜……」

馬翠翠知道問不出來了，她急得想要調閱監視器錄影帶，又急著問阿春媽媽會不會只是作夢，夢到他來過了，阿春媽媽搖頭否認，說他留下了字，有證據。字，寫在哪裡呢？

她來回走著，在房間裡東翻西翻，急得快哭出來。忽然，在牆上的掛曆發現了丁亞東用墨水筆留下的字跡。他寫著：

「當我們再相遇的時候，時間已經不存在了。」

陳亮穎與仲玲 通信 1

寄件人：陳亮穎
收件人：仲　玲
主旨：關於〈馬姊的家〉

仲老師，您好：

〈馬姊的家〉我讀完了，真是太過癮了！與您以往的作品完全不一樣耶。我真的迫不及待想動筆了！但是有幾點建議，想先取得您的同意：

一、何天盟這個名字，好像有點老氣，如果我們還是要兼顧您的年輕讀者群的話，似乎可把名字改得年輕一點。我建議用「黎振宇」這個名字，可好？（因為在香港嘛，何跟黎都是大姓。XD）

二、雖然馬翠翠與三個男人的故事都很有趣，但是好像可以花多一點篇幅在她與這個騙子的愛情故事上，因為這會是最有話題的部分，我也會再去蒐集一些新聞資料。

另外，我把故事的時間軸與人物整理出來了，請見附檔，如果沒有什麼問題，我近日就會開始著手寫作，每完成一章就會先讓您過目。

期待您的回信，謝謝！

亮穎 敬上

附加檔案：

〈馬姊的家〉時間軸.doc

〈馬姊的家〉人物簡介.doc

附加檔案一：〈馬姊的家〉時間軸.doc

1971（0歲）出生，被馬校長與賣麵阿春撫養長大

1988（17歲）上高中，和錢偉豪交往

1996（25歲）馬校長過世，與阿春媽媽「分家」，買了自己的第一戶房子，卻因此與眼紅幼稚的錢偉豪分手。

2004（33歲）阿春媽媽中風，再次賣房，開始玩房地產，越玩越大，「馬姊的家」成為民宿界的知名連鎖店。

2013（42歲）聖誕節，結識丁亞東。

2014（43歲）丁亞東人間蒸發，與何天盟（建議改名為：黎振宇）網戀，最後發現被騙。

附加檔案二：〈馬姊的家〉人物簡介.doc

馬翠翠，女，43歲。個性率真，因為養女的出身，讓她有種天生的不安全感，對「家」的渴望與營造比一般人更強烈，成年後成為房地產達人，民宿經營者。

丁亞東，男，30歲。到處流浪的波希米亞族，品味不凡，喜蒐集古董，如一陣風，飄來飄去。像幻影一樣出現，卻為馬翠翠留下了無窮希望。

何天盟（建議改名為：黎振宇），男，45歲。從未現身的網路人物，由詐騙集團虛擬出來，成功地在網路上虜獲馬翠翠的心，騙走她的錢。

白阿姨，女，約莫大馬翠翠20歲。王牌房屋仲介，人生閱歷豐富，在馬翠翠年輕時扮演了如大姊一樣的角色。

阿春媽媽，女，大馬翠翠40歲。馬翠翠的養母，年輕時賣麵維生，是溫柔敦厚的傳統女性。

馬校長，男，大馬翠翠65歲。馬翠翠的養父，中學退休校長。和藹慈祥，對馬翠翠母女無私地付出。

錢偉豪，男，43歲。馬翠翠的初戀男友，魯蛇一枚。見不得人好，又吃不了苦，兩人最終沒聯絡。

寄件人：仲　玲
收件人：陳亮穎
主旨：Re：關於〈馬姊的家〉

亮亮：很好的整理與建議，就照你的意思走。感謝你長久以來的細心與耐心。

高原會跟你約交稿時間。

仲玲

從我的iPhone傳送

1. 頂樓小姐陳亮亮

陳亮亮曾經在一個晚上的兩個夢裡，就把她與黎振宇的相識與分手看過一遍了。

她住的那個社區，因為經常有「空中飛人」，所以租金便宜。她不太怕，或者說她不太信那些鬼神之說，有人墜樓，就是清理乾淨了，讓法事吵個幾天，也就過了。她的繼母曾阿姨要她身上帶著符，她不要，「我跟她又沒什麼關係，她幹嘛來找我麻煩？」曾阿姨馬上呸呸呸三聲，說不帶也無所謂，但要亮亮什麼都別看，什麼都別想，什麼都別說。這她倒是可以做得很好。

社區共有五棟，命名為A到E，她住A棟十八樓，頂樓加蓋，河岸第一排。照理說頂樓加蓋是違法的，但房東是建商，十五樓到十七樓都是他的，當初以「交誼廳」之名，硬在頂樓加了個獨門獨院的小屋。若有人找麻煩，陳亮亮是得搬走的，但房東面子大，罩得住，陳亮亮也就心安理得。搭電梯到十七樓，再爬一層樓梯，推開逃生門，便是她寬闊的前院，她的一房一廳小屋就像獨棟平房，架在這詭異的社區大樓半空。

C棟最邪門，位處中央，又蓋得最高，跳下來的，都是C棟二十樓以上的。夜裡聽到警車救護車聲音，早上開窗往下看到黃色警戒線，陳亮亮就好奇地查一下網路新聞，「河岸某社區大樓小咖女模墜樓」、「在頂樓以紅色噴漆寫滿恨字」，看到這些句子，她也一閃即過，不覺恐怖。外頭再怎麼暴烈，她還是安閒過日。曾阿姨問她，為什麼可以這麼事不關己？她反倒覺得不可理解，「因為，真的不關我的事啊！」

對陳亮亮而言，她的夢，以及她手裡打著的、可以換成現金的字，都比窗外有個陌生人跳了樓來得重要。

回到她與黎振宇那個夢。夢裡，一個傍晚，她提著一袋蔬菜走進社區大門，中庭圍著警察與一堆人，她知道發生什麼事了。原本無意圍觀，但入口被擋住，只好停下。這時，一個穿著乾淨白襯衫、身材修長、長髮及肩的高瘦男子站到她身旁，搭著話。

陳亮亮說：「我剛搬來，但是我知道大概又有人跳樓了。」

男子問：「你害怕嗎？」

陳亮亮搖搖頭，一陣寒風襲來，前方引魂的布條搖曳，她打了冷顫，補充：「不怕，但是覺得有點冷。」兩人自然而然地越站越近，手和手碰在一起，而後緊抓。

男子說：「我叫黎振宇。住在B棟四樓。這邊常有人跳樓已經很便宜了，四樓更便宜。」

陳亮亮笑了，指指自己小屋，說：「我住A棟頂樓，頂樓加蓋更便宜，而且比較好跳。」

他們嘻嘻哈哈地手牽手走出人群，陳亮亮提著那幾顆馬鈴薯紅蘿蔔跟黎振宇走回B棟四樓，就這樣在一起了。

另一個夢。陳亮亮在她的頂樓小屋梳妝打扮好準備出門，她爸和曾阿姨卻帶著那一對同父異母的臭男生小六雙胞胎來（現實生活中已經大三），要陳亮亮幫他們把作文作業完成，否則不讓她出門。亮亮氣急敗壞，和爸爸吵了架，終於用最快速度把他們潦草打發走。她和黎振宇約了五點半一起晚餐，已經遲到了五十分鐘，她一邊下樓，一邊納悶為什麼黎振宇沒打電話來，出了電梯，撥了電話過去。

響了兩聲，就被接起來了。卻是一個女生聲音，咬字咬得端莊優雅：「振宇今天身體微恙，無法赴約了。」

從這幾個字裡，陳亮亮自動腦補了她和黎振宇的結局：他們協議分手，說要分開看看，而今天這個約會有可能是復合的契機，陳亮亮充滿期待，打算再努力一次。但是，不用了，結束了。

兩個夢，開始與結束，開頭與結尾。中間呢？好比陳亮亮這幾年在寫字這行當淬煉出來的真理：厲害的開頭，漂亮的結尾，就八十分了，中間通順易讀，合情合理即可。

現實生活裡，她和黎振宇就處在那個平滑通順流暢的「中間」。他們交往三年了，同居兩年，無風無雨，沒有什麼要結束的跡象。

黎振宇算起來是她的第二任男朋友，不，也許應該算是第一個，因為再之前的那個張寶基，說和她是「開放關係」，所以他們既是男女朋友，也不是。

張寶基是她大學文學社的大學長，大她十歲，博士班唸了七年還沒畢業，整天混在社辦，泡小妹妹。跟每個小妹妹說波娃和沙特，說他們就是開放關係。陳亮亮被他在校園裡帶進帶出的時候，只感覺自己被臨幸了。想起來，剛剛夢中那個男子，比較像是張寶基的樣子，白襯衫、高瘦、長髮，但換上了黎振宇的臉。

張寶基人很帥，就是名字鳥了點。張寶基的哥哥叫張寶西，因為爸爸是陝西寶雞人，別以為他躲過叫「寶雞」很幸運，在他們家裡，這對外省老爸爸老媽媽直喚兩個兒子為「西西」和「基基」，陳亮亮每次聽每次偷笑，覺得好像用義大利文在叫爬蟲類的寵物。他們是個疊字控家族，陳亮穎，就是在他們家開始被叫亮亮，但她倒很喜歡，亮亮聽起來就比基基光明多了。

開放關係，這四個字他們經常掛在嘴巴，但女孩兒們私下卻忍不住互相較量。亮亮一直感覺自己略勝一籌，因為基基最常把她帶回父母的家去，亮亮因此學會了分辨各種陝西麵食。他們後來甚至幾乎同居在基基父母幫基基買的套房裡，只是，他不回來過夜時，她從不問。

好，只說開頭與結尾。開頭是某一次文學社邀請作家來演講、大夥又帶著作家到學校後門的客棧風小酒館續攤談創作，大家在店門口要解散時，基基突說了一句：「亮穎，你坐我的車吧。」沒人說話，眾人皆心裡有數，亮亮則暗爽，深夜暗巷彷彿奏出登上寶座的背景樂。

硬要給分，這個開頭，並沒有很厲害。

結尾，有點慘，也是一個深夜。亮亮自己在基基的套房，接到了一個陌生號碼打來的電話。接起，那女人非常憤怒，說的卻不是男女關係的事。而是：「小姐！你車擋在我家門口！我車子出不去，我現在要去機場接我老公！打電話都沒人接！有沒有公德心啊！」

亮亮愣了一下，才想到，哦，是留在基基車上那張「抱歉暫停一下，如需移車請打電話：09XX-XXXXXX」的紙卡，上面有他們兩人的手機號碼（由此又可證明，亮亮這寶座坐得多穩）。亮亮連忙道歉，說車子是我「男朋友」（她第一次說出這稱謂，對著陌生人）開出去的，請你打另一支電話。那人更怒，說那支電話都不接啊！

最後是，亮亮翻箱倒櫃，找到備份車鑰匙，叫了計程車，回撥給憤怒車主問了地址，來到那歪拐曲扭的巷弄。亮亮不會開車，是那車主（一個看起來很累、還一直碎碎唸年輕人真沒公德心的中年婦人）幫忙開出來停到對面的停車格。亮亮看著周圍一列一列的老公寓，不知道基基和哪個女人在哪個窗裡，但一定搞了很久了，來的時候還沒車位呢。

中年憤怒女停好車，很悲憐地看了一下亮亮，問：「還沒找到男朋友？」亮亮搖搖頭，一點都不想看她。這阿姨竟然拍拍她肩膀，只差沒說一句：「看開點」，亮亮心想，現在是怎樣？又不是我大了肚子找不到孩子的爹，只是為了幫你這女人移車我才會三更半夜跑來這裡啊。

不，最致命的還是那四個字，開放關係，這開放得太徹底了。亮亮如果裝死關機，基基頂多就是吃罰單再去領車，然後他們又可以繼續延長那平滑順暢的「中間」。但亮亮一時被虐癖興起，一定要來個悲壯的深夜移車，也許，她日後想，她是為了把電耗盡，將她和基基的三年畸戀畫上句點。

為了要留下一個漂亮的結尾，亮亮在套房的浴室鏡子上貼上便利貼，寫：「沙特不會這麼沒公德心。」她想像基基會把這黃色小紙條夾在某一本書裡，日後再編成故事去說給接任的女孩子們聽。如果說對於之前的開放關係她都甘之如飴，那麼分手的原因就是男友違規停車，這樣好像酷一點了。

這個「結尾」，到下一個「開頭」中間，她空窗了五年，但沒閒著。先是以接案方式接了一本書的「文字整理」，編輯發現她不但有光速聽打的本領，還會順便下標、分章節、配圖片（編號整理得一目了然），便丟給她一本接一本書。

亮亮覺得挺爽，從聽錄音檔整理逐字稿，到每週訪談「作者」整理成文字，最後，拿著兩頁企畫書，跟著果農住在梨山，跟著生態研究員到部落觀察蝴蝶，跟著漁夫出海、跟著大廚上市場……寫成一整套書，那書系很受歡迎，叫「達人遊蹤」，作者叫作「旅人小組」，但其實文字全出自她，從開頭到中間過程皆順利，到最後一本《跟著獵人走古道》，聯絡受訪者、找戶外用品贊助、與編輯溝通都有點卡，她開始覺得好像哪裡不對勁，果然，才第二天，就在山路上摔斷了手。

斷手死不了人，但她最頭痛的是，那一頭及腰長髮不知道該怎麼辦。曾阿姨說，剪了吧。她不肯，把旅遊平安險賠的錢拿去買了好幾本洗頭券。哦，注意，這兒就要導向她和黎振宇的開頭了。

陳亮亮不喜歡上美容院，因為她不知道為什麼洗頭小妹小弟和設計師都那麼愛聊天。她不是不能聊的人，否則怎麼採訪那些農夫漁夫果農獵人，但是她覺得進到髮廊某些程度是來放鬆的，來禁語靜心的。曾阿姨休息放鬆的方式是和學校同事去山上泡茶聊天，假日還跟平日見到的人在一起，並且一起說共同工作場域的事，平日工作的內容已經是講話，假日休閒還是講話，只能說，講話是她們生活的全部，是工作，是休閒，是交誼。但對陳亮亮而言，除了採訪必須開口之外，能不講話就不講話。因此，要不是手肘打上石膏，她不會進美容院。為了避免接觸太多人，她還特意找了一家標榜從洗到造型一人服務的日式沙龍。

「請問有指定設計師嗎？」櫃檯接待的金髮小姐問，陳亮亮搖頭。

帥帥的造型師來了，很好，看起來沉默、溫柔而俐落，洗髮、吹髮過程，這人一句話都沒說，陳亮亮處在這麼好搭話的狀態：你的手怎麼受傷啊？哦，爬山，很厲害耶。住在附近嗎？你是做什麼的啊，怎麼平日下午會有空呢？今天休假嗎？你頭髮好長喔，留多久了？捨不得剪嗎？想過要剪嗎？家人會要你剪嗎？男朋友會要你剪嗎？這帥哥卻什麼都沒問。若不是還有這幾個字：「這邊請」、「水溫可以嗎？」陳亮亮會以為他是啞巴。

帥哥幫她剪完髮尾分叉，吹直了頭髮，送她到門口，給了名片：「8號吉米 黎」。「謝謝，有什麼問題都可以打電話過來，歡迎再度光臨。」終於說了最長的一句話。玻璃推門緩緩合上時，陳亮亮才回神：吉米黎的聲音真好聽。

兩天後，亮亮又來了，指名要8號。吉米黎對她一笑，他們仍然沉默地洗完頭。買十送一的洗髮券用掉一本，洗了十一次頭，他們之間並沒有多說一句話。一直到陳亮亮生日那天，她要用「壽星免費洗頭」的優惠，出示了身分證，吉米黎接過，說：「好的，我幫你登記一下。」而後回來，安靜地幫她洗髮、吹髮，最後拿鏡子從背後讓陳亮亮確認沒問題，雙手抹了一點護髮油在她黑長直髮上搓搓，才說話了：「陳小姐，那個，我們生日同一天。」

亮亮驚訝：「同年同月同日？」

吉米黎搖頭，「我小你四歲。」

他們互道了生日快樂，一如往常，吉米黎對亮亮說：「歡迎下次光臨。」亮亮推開玻璃門，走了出去。

那晚，亮亮找出混在一堆發票之中的吉米黎的名片，第一次把他的手機號碼鍵入聯絡資訊，把他加入LINE好友。更晚一點，陳亮亮打了一個充滿友誼溫暖又帶點曖昧的訊息：「生日快樂，一直覺得我們好像有點像，原來如此！」揣在手中半天才按送出。

到隔天早上，他們各自邁入了新的一歲，吉米黎都未讀未回。是和朋友（或女朋友）狂歡到不省人事了吧？陳亮亮怕自己無聊亂演，把手機切成無聲丟進抽屜，在那半天內發憤圖強，點開了「獎金獵人」網站，找到一個最近截稿的徵文比賽，用她那半殘廢的手花三小時打完一篇散文，到便利商店印出，到郵局掛號寄出。回到家，才取出手機。

吉米黎回了：

「對不起，這是我工作用的手機，所以晚回了。

生日快樂
我也覺得
原來如此。」

最後三句是惡搞俳句體嗎？顯然他不但不愛講話，文字表達也很有問題。但陳亮亮不在乎，她大膽約他去喝喝東西好嗎？吉米先生約的地方也很不像約會，24小時的摩斯漢堡。然而，他們各自拿著冰紅茶，聊到了早上，幾乎把這輩子的話都說完了。陳亮亮知道，他叫黎振宇，爸爸是香港僑生，畢業後留在台灣開燒臘店。看起來很不會交朋友的他，竟然交過十個女朋友了，最長半年，最短半個月，目前沒有。

開始與結束的原因都可以用一句話講完，簡潔直白，通情達理。

為什麼會在一起？

「因為她很可愛。」

為什麼分手？

「因為個性不合。」

陳亮亮則用她慣用的「開頭」與「結尾」交代了她的身家背景。她現在唯一有聯絡的家人是曾阿姨。

她與曾阿姨的開始：小學四年級，媽媽車禍過世了，爸爸一年後再婚。她的爸爸是商人，一半以上時間在大陸，對挑選配偶只有唯一標準：老師，因為覺得沒時間照顧管教小孩，如果有個當老師的妻子，孩子的德行與學業大概都沒問題了。因此，她的媽媽是老師，曾阿姨也是老師。

她對媽媽的記憶還很清晰，媽媽叫林賢慧，人如其名，就是賢慧兩字。她名字是媽媽取的，賢慧亮穎，多漂亮的四個字。

媽媽的生命「結束」在一個傍晚。那天，她停好車，買好全家人要吃的麵包之後，突想起她的婆婆說，對面新開麵包店的波蘿麵包很好吃，便過馬路去買，才拎著袋子出來，就被一台疲勞駕駛的小貨車再次撞進店裡去。

祖母對每個來悼念的親友哭著說這媳婦乖巧嫻淑再也沒得找，被擠扁在車頭和牆壁中間時，手裡還緊抓那個裝波蘿麵包的紙袋。

一年後，陳亮亮小五，她爸再婚，幫她向學校請假，帶她和曾阿姨一起去度蜜月，桂林山水旅遊團，三人同住一房。每個景點，她爸和曾阿姨都沒去，說是傷風感冒，其實是趁著陳亮亮白天跟團去旅遊，躲在飯店努力恩愛造人。

亮亮日後再回想，總覺得爸爸那五天四夜褲襠一攤濕濕的，而曾阿姨走路腳有點開，也許這想像畫面是報復心態使然，因為那幾天，這對新婚夫妻讓陳亮亮一個小孩跟著一堆不認識的歐吉桑歐巴桑去看石筍坐遊船。十一歲的她，努力隱形，也努力融入，這也成了她後來與爸爸、曾阿姨與一對雙胞胎胖弟弟共處一室的進退應對之道。

結果，她爸自己先落跑了。聽說在大陸亂投資，台灣的家產田地全押進去了，有去無回，最後只能在朋友的工廠上班，面子沒了，妻子孩子也不要了，不再回台灣。

「我覺得我跟我爸的結束，就是哪天接到移民署的電話，去大陸幫他收屍吧。」陳亮亮第一次這麼誠實地對人說出她的家庭，她說希望曾阿姨最好也不要再來找她，雖然她算是個稱職的後母，但是那一兩個月吃一次飯，然後塞一大袋學生送來吃不完的水果給她的慣例，實在沒必要。

黎振宇點點頭，沒說什麼。

接下來，他們變成了比朋友再好一點的朋友，黎振宇載著她拆石膏、做復健、逛夜市。陳亮亮的頂樓小屋需要粗重活兒時（領網購寄來的洗衣精、晒被單之類），黎振宇也坦然自然地去幫忙。

兩個月後，陳亮亮接到電話，她那篇投出去的散文得了首獎。那是名為「外省．原鄉」的徵文，陳亮亮寫的是一個來自陝西的老兵，把自己兒子取名為「寶寶」、「雞雞」的故事。評審評語為：「在幽默中讀出了幾分傷痛。」

陳亮亮拿著獎金請黎振宇吃飯，百貨公司頂樓的海鮮百匯吃到飽。陳亮亮覺得這種餐廳可以讓人忙一點，不至於冷場。才坐定，陳亮亮收到訊息，張基基傳來的：「學妹啊，你得了獎可要來我這兒繳稅。」

酸極了，色極了，噁心極了。她做出嫌惡表情，黎振宇問她怎麼了，她把手機轉向他，說：「我前男友傳來的。」

「什麼是繳稅？」單純的大男孩問。

「嗯，那是一種隱喻。」

「什麼是隱喻？」

陳亮亮沒回答，把手機收進包包，說：「沒事。去拿菜吧。」

兩人的慶功宴就在這種怪異的氣氛下開始。她的手其實已經好了，但黎振宇一直起身離座，去幫她倒這個夾那個，後來還排很久的隊，端回兩隻炸蝦，陳亮亮幾乎都是一個人在位置上，她有一種攤牌的預感。

她走到餐檯區，找到黎振宇，他正排隊準備幫兩人弄霜淇淋，陳亮亮遞上兩個咖啡杯，要他裝在裡面，他不解，乖乖照做。回到位置上，陳亮亮把兩杯義式濃縮咖啡淋在香草霜淇淋上。

「一個編輯教我的，說這樣吃會覺得幸福。你試試看。」

黎振宇照做，並且露出滿意的表情。他問：「其實你們都是很厲害的人對不對？」

「我們，是誰？」

「你和你前男友。」

陳亮亮搖頭，回：「我和他已經沒關係了。」

「但你還是很厲害。」

「你是說寫作嗎？」

黎振宇點頭，「對，因為可以得獎應該就是很厲害。」

陳亮亮說她只是覺得自己好像是隱形的。她可以誰都不是，像個攝影機，記錄者，旁白員。一方面也是她不希望自己踩得太深，不要太快到一個位置，因為那樣就會被定位。

「原來如此。」黎振宇已經學會不知道怎麼接話時就說這四個字。

「所以，你也可以說，我還沒想好自己要做什麼，要變成什麼。」

開始冷場了，像姊姊對弟弟上人生哲學課。陳亮亮話鋒一轉，「我的手好了，可以開始工作了。今天我收到一本書的邀約，是跟著劇團去大陸巡迴，要去一個月。」

「很好啊。你想去就去啊。」黎振宇說著，把霜淇淋整個攪到咖啡裡，像在賭氣。

陳亮亮吸了一口氣，主動把手覆上他的手，說：「如果你希望我不要去，我就不要去。」

黎振宇抬頭，直直看進亮亮的眼睛，說：「我希望你不要去。」

陳亮亮站起來，挨坐到他旁邊，這是他們的開始。在海鮮百匯天堂的雙人卡座上，男女老幼端著生魚片炸蝦生蠔奶焗扇貝熙來攘往之中，初次接吻。

他們把這天當作紀念日，每年的這天回到這家餐廳吃飯慶祝。陳亮亮雖然沒那麼愛吃，但她知道，這是把「中間」延長的最好方式。

約莫此時，仲玲請出版經紀人高原找上亮亮，說是讀到她得獎那篇散文，很是喜歡，希望找她來當自己的寫手。

陳亮亮依約到了一棟高級住宅，一進門，是一套白色皮沙發，茶几上有一份保密條款，無論接或不接此工作，這次會面內容皆不可對外透露。陳亮亮對於她與仲玲這樣的「開頭」充滿好奇，忍不住想看往下會發生什麼，爽快簽了。

然而，這次並沒有見到仲玲。梳著油頭、打著短圍巾的細緻乾淨男子從隱形牆推門裡走出來，表明是高原本人，解釋了仲玲老師對她的欣賞，有一本寫兩岸愛情故事的小說正要動筆，很希望亮亮能來幫忙。

高原拿出幾頁大綱，要亮亮在現場看完。穿著白色圍裙的外傭端上三層高盤子，高原為亮亮倒上紅茶，說：「慢慢看。」

亮亮佐著整套的英式下午茶，忙不迭看完，馬上答應。不知道自己是真有興趣與信心，或是為了可以常常吃到抹上現打鮮奶油的濕潤司康。

高原拿出正式合約，並在iPad上登入網路銀行，問了亮亮的帳號，三十秒後，把iPad遞給她看：「匯款已成功」，是一半的稿費。合約上明載：繳交全書稿當日，即再匯入另一半。

亮亮回去後說給黎振宇聽，興奮得不得了，從沒見過這麼專業的合作對象，別的出版社稿費都要三催四請的。每月領固定薪水的黎振宇不懂這些，只問：「仲玲是誰？」

仲玲是文學界皆知的神秘小說家，出道三十年，沒人見過她，網路與各報章雜誌都找不到她任何一張照片。超級粉絲曾挖出一張仲玲穿著飄逸長裙，留著一頭長鬈髮，坐在野柳或龍洞的模糊黑白照片，聽說是某年「作家協會」交的會員照片，但這協會只運作了一年，照片是否為真，現已不可考。

官方說法是，仲玲長年旅居歐洲，創作力仍豐沛，維持一年兩本出版長篇小說，且題材與時俱進。對外發言露臉全靠高原，出版社之間還流傳一則八卦：高原是仲玲的前夫，婚後出櫃，於心有愧，所以全心全力服務著仲玲。亮亮從未想去探問或查證，一來太八卦，二來怕丟了飯碗。

沒人知道，仲玲雇用影子寫手雇了多少人，開始了多久？亮亮亦不知道除她之外，是不是還有別人，這也算是一種開放關係吧。但高原某次的溢美之詞，表示亮亮是仲玲合作過最滿意的寫手，這也算是一種臨幸吧。

他們第一本寫了兩岸分隔六十年的愛情故事，壯闊磅礡。第二本寫外交官夫人的秘密情事，言情腥羶。第二本小說撰寫期間，黎振宇搬來與亮亮同居，房東民主開放，不多過問兩人關係，稱他們為「頂樓小姐」與「頂樓先生」。在第二本，陳亮亮就把男主角（夫人的美國情報員情夫）名字取為吉米，像是偽畫大師會在畫裡留下自己的名字代號一樣，陳亮亮不著痕跡、且不影響作品本身地，把她男友的名字放了進去。

《馬姊的家》，是他們合作的第三本，黎振宇將登場成為第一男主角。亮亮把這調皮行為說給黎振宇聽，他不怒亦不喜，並且竟說出交往以來說過最幽默的話：「反正世界上也有很多個劉德華。」

亮亮欣喜，他終於學會了隱喻。

亮亮仍沒見過仲玲。她成為仲玲的影子寫手之後，就沒再接過別的工作。亮亮很清楚，這份關係，現在還處在「中間」，那個平滑通暢、互相欣賞信任的中間。

第二章 黎振宇1～12號

黎振宇若不幹詐騙，應該會是很好的資料歸檔員。

除了黎振宇一號到十二號的基本資料、身家背景、人生起承轉合、讓人心碎的小故事之外，那些女人們的檔案才是真的驚人。網路上的個人資料，傳過來的每張照片，每天往來的文字訊息，全部列印下來，裝訂成冊，猶如醫院裡的病歷櫃。對，這些女人上交友網站註冊時也算是掛號了，心裡有病或有洞，祈求一方良帖。因此，打得火熱時，這句金句良言也很奏效：「醫師要來檢查你了哦！」在幾百個女人中，竟有幾人收到這句話，就傳了兩腿開開的性感照過來，這是黎振宇們始料未及的。

但是，全部紙本保留下來，日後不就成了證據？當然，會保留下來的，都是「進行中」的活口。原本他們也以為，全部都留在電腦就好了，沒料粗手粗腳的黎振宇八號某次端著一整鍋泡麵過來時，被紙箱絆了一下，硬碟全泡在泡麵裡。那些渴望被治癒的女人們的檔案，也被泡得稀爛。他們只好重新來過，不知傷了多少女人的心。少了這些記錄，這十二個黎振宇怎樣也湊不起來，那個Ella，這個Emma，是律師還是老師，還是台北的房地產仲介，萬一張冠李戴，比在床上叫錯名字還要危險，明哲保身，寧可捨棄全部也不要帶來後患。若不如此，難道要重新上線時，告訴女人們：對不起，我今天早上頭去撞到，突然失憶了，我什麼都不記得，只記得你對我是很重要的人，我們之前發生過的事，你跟我說過的話，都可以再說一次嗎？

如果女人們這樣還會繼續相信，那也真是笨到輸給她了。而這，還是有程度上的差別的，好比學日語要分初級、中級、高級。

一個每天在線上噓寒問暖的人，突然不見了，女人們只會哀嘆一句，唉，網路世界不可靠，就繼續過自己的日子。交友網註冊費的信用卡帳單都還沒來呢，一切就結束了。好比繳了整期學費，五十音才學了十個，補習班就倒閉，怎麼辦？看開點。

一個昨天還說要與你攜手共赴一生的人，今天就不再上線，女人們一定痛苦糾結了很久，他車禍失憶了，他重病住院了，他倒債跑路了，他人間蒸發了。想得開一點的，當作是一場夢；想不開的，湊齊了所有他的照片資料上網登尋人啟事，沒有下落，打電話到他自稱的服務單位，沒這個人。而忽然某日，善心女網友在波文下回了：這人是個騙子，我也被他騙過。這照片是假的，希望你還沒有匯錢出去……

嘎？這就是所謂的詐騙集團嗎？女人們忍無可忍，我被騙了，而且我很笨。打電話給１６５反詐騙專線，把上述資料全部義憤填膺地提供給警方，那接線的疲憊警察阿北只會問一句：匯錢沒有？

沒有。沒有？沒有就沒有詐騙事實，不能報案。

可是我被騙了時間跟感情哪！你家的事，沒匯錢就好，沒匯錢就沒被騙，網路交友一定有風險，謹慎小心為上道。內政部警政署關心您。

關心你媽啦！我提供了他的名字、電話、身分證號碼、公司、註冊ＩＤ！難道你們都不能查一下嗎！

阿北平心靜氣回答：小姐，好，我都記下來了。但是我要告訴你，這都是假名字假電話假身分證號碼假公司假註冊ＩＤ，我們這邊大概有八千組，騙子是抓不到的，沒有匯錢就好。

你們為什麼不積極一點呢！就是因為你們這麼怠惰！這麼浪費納稅人的錢，詐騙才會越來越多！你怎麼不想想如果是你女兒、你老婆還是你媽被騙呢！

小姐，我知道你現在很生氣，但是，請你要控制自己的情緒，學會對自己的行為負責，你現在要做的是趕快讓生活回到正軌，請問我還有什麼可以為您服務的嗎？

女人這時已由悲憤到心寒，鼓足勁，咬牙切齒說一句：你們一定要抓到黎振宇！

警民合作，我們會努力的。

女人知道這句話也是假的。她又被騙了。但至少她現在分辨得出來，什麼是真的，什麼是假的。感謝黎振宇。

女人沉澱幾日之後，把事件始末鉅細靡遺寫成血淚文章，在網路上到處張貼。這時，負責反蒐證的黎振宇十一號、十二號，會把整篇抓下來，列印出來，大夥傳閱調侃嬉笑：哈哈哈，是誰！這天是誰當班！說他有十七公分還會硬很久！喔！什麼我不要送你五克拉的鑽戒，我要把月亮摘下來送給你！很俗好不好！

只有在這種時候，那兩個猶如染坊工匠，不發一語在角落壓著假信用卡，印著假身分證假護照、各種優惠存款基金交易表格的黎振宇九號、十號，才會過來湊熱鬧。看一下自己的作品又被拍照上傳，檢討自己下次大頭照的對比不要調得太過，提醒自己這個高富帥的照片已經曝光了，就不要再用了，九號說：唉，真可惜，他相簿裡還有法國葡萄園品酒和商務艙上面開香檳的照片還沒用呢！十號說：你笨哪，把頭換一下就好了，我來P吧。

這種喇賽的時刻，就像中二生的下課十分鐘，很快，黎振宇一號就會敲鐘，督促大家回到工作崗位。該聊天的聊天，該打字的打字，該壓卡的壓卡。

也有一種，是已經把錢匯出去的。有的匯來一次，黎振宇眼見軟土不深掘實在太可惜，又要她匯了第二、三次，最好用的說法：我用你名字買彩券，你得了頭彩，寶貝你真是幸運女神，但你沒有香港戶頭，你先匯錢過來開戶，錢就會進到你戶頭，我們的幸福生活就要開始了。

女人問：這是什麼彩券？保險嗎？查得到嗎？黎振宇答：這是新產品，下個月才要上市，我是透過朋友取得內線，我這哥們知道我們就要成家，說要是中了，就當作是送給我們的新婚禮物，是不是很用心啊。我給他看你照片了，他說我們特別有夫妻臉……

匯了錢，黎振宇就此消失，有些也不報案，說是花錢買經驗。有特別癡心的，自己明明沒錢，還去向家人朋友借錢來匯給黎振宇，這時她們自己也成了詐騙，用別人騙你的話又去騙了別人，帳卻賴不掉了，發憤賺錢償債。有一種，如馬翠翠，被騙走的錢僅是資產的零頭，但理性地，要自己去報案，因此留下了筆錄。

警：黎振宇告訴你，他房子買好了，你怎麼會相信他？

馬：他在房子的各個房間拍了很多照片，也有人入鏡的，他說是助理幫他拍的。房子跟他描述得一模一樣，也看不出來合成的痕跡……

警：是他主動要你匯款？

馬：不是的，是他說要付頭期款了，但他手上周轉不過來，說他要拿他自己現在房子去抵押，我說不用，我匯給你。

警：阿你是錢太多哦？

馬：沒有，我只是不想欠別人。

警：他一定就是抓住你這點了。

馬：隨便。

警：你匯款之後，他還有跟你聯絡嗎？

馬：有，我們通話，他說後天要來台灣，買了很多名產要給我養母，還有我台灣的員工們，還拍照傳過來，有珍珠粉、花生糖什麼的，排得整整齊齊的，擺在他行李箱旁邊，他箱子裡面的襯衫也摺得整整齊齊的。

（警員嘆氣。）

警：然後呢？

馬：然後我隔天上午問他坐哪班飛機，他說反正商務艙都有位置，請秘書打個電話就好，他說因為要來台灣一個禮拜，下午要先開會交代安排公司事情，應該會到很晚。我傳的訊息和貼圖他都沒回，我覺得他應該是在忙，但是到了深夜十一、二點都沒回，打電話過去也都沒接，我就覺得有點怪了。我整個晚上都沒睡覺，一直在網路上查詐騙的案例，發現不管是買基金還是彩券，手法跟他騙我買房子都有點像，我越看越毛，覺得自己應該是遇到詐騙了，趕快把電腦關掉去睡覺。結果，早上起來，他還傳了一個訊息過來，我沒有回，他再也沒有傳來任何訊息。

警：他說什麼？

馬：記得蓋好被子，我愛你。

黎振宇若不幹詐騙，應該會是很好的錄音師，或是，現在更厲害的說法：聲音設計師。那是五號、六號負責的，另外十個黎振宇永遠搞不清楚，這兩人怎能用那麼簡陋的設備，做出杜比立體環繞音效，五號、六號就像所有電影幕後工作人員一樣謙虛：「是師父教得好，我們只是遵循八個字的原則罷了。」

哪八字？

身歷其境，不著痕跡。

最基本款，是黎振宇對女人說：「我在開車。」背景便是帥氣改裝車悶悶的引擎聲，車上改裝的超重低音音響播著的西洋老歌或爵士名曲，偶一來個車外的喇叭聲、救護車與警車鳴笛聲。女人們可以自動腦補，黎振宇單手轉著方向盤，一手拿著手機和自己說話，有時還來一下：「啊，這首歌，我轉大聲一點給你聽。」貓王的Love me tender, love me true。

女人們已經繳械投降了，黎振宇再補一刀：「等你來了呢，我這隻手就不用拿手機了，就讓你抓著。」

開名車不屌，要單手轉方向盤才屌。但最屌的還莫過於，可以用音效就讓人看見有人在單手轉方向盤。而這還不是黎振宇五號、六號最自豪的代表作。

他們兩人對作品認定有一點意見分歧，五號覺得最厲害的是「聖誕節的東京車站」。

黎振宇告訴女人，要到東京拜訪老朋友，順便去探望一下在東京讀大學的（和前妻生的）女兒。當他抵達東京車站時，先拍了一張聖誕樹照片傳給女人，然後語音通話：「你看到了嗎？」

女人聽著四周日語車站廣播，人來人往的背景音，偶有日本少女的高音尖叫。黎振宇說，裡面太吵了，我到外面吧。（女人：不要吧，外面一定很冷！）黎：沒關係的。

黎振宇拿著手機一邊實況廣播，一邊出到車站外，沿途鐵路便當叫賣聲身歷其境，忽然，四周較為安靜了，他說到了站外的走廊，女人們可以想像他一邊說話，一邊吐出白煙了，並且自動腦補，她的黎振宇應該是穿著駝色長風衣，繫著格子短圍巾，如果她也在東京，就會被包進他的風衣裡。「啊，好希望你在這裡。」黎振宇說。這時，旁邊等候許久的重量級客串也該出場走一下了，穿著深藍色鐵道員制服的站長正要交班（音效：一串沉穩清晰的腳步聲），帽上肩上覆著一層薄雪，走過來時極紳士地對他們點個頭，他們認出：是高倉健。

只是做個音效，可以觀落陰觀到高倉健，多厲害啊。五號說。

六號不以為然，他最自豪的作品是「曼谷唐人街海產店」。黎振宇到曼谷出差，每次去曼谷一定要去老朋友開在「咬哇啦」（不能說唐人街或中國城，一定要這樣說才不著痕跡）的海產店，跟他喝兩杯。

形式一樣，黎振宇先傳了一張桌椅擺到馬路上來、客人滿到街上來的海產店照片，然後語音通話。一進去，手機這頭跟女人介紹他走到哪，另一頭用廣東話跟老闆打招呼，「俟啊俟啊，來個一打先。」

第一層，是周圍顧客的嘈雜交談聲：英文、泰文、廣東話、潮州話，第二層，餐廳背景音樂，鄧麗君的我只在乎你。黎振宇一邊吸著生蠔，還要自然地跟著哼兩聲：「如果沒有遇見你，我將會是在哪裡，日子過得怎麼樣，人生是否要珍惜。」來逗女人開心。第三層，送菜聲、招呼聲、廚房大火快炒聲、杯碗碰撞聲。

黎振宇吃完一整打生蠔（蠔殼疊在一起，又一兩隻掉落到桌上的聲音）對電話那頭曖昧地說：「我現在砰砰叫囉，要存起來，留給你。」女人聽完，回以嬌羞的嗯哼一聲，兩腿之間有點熱熱。

只是做個音效，就可以讓女人下面濕濕，這才叫厲害啊！大哥不是教了嗎？女人下面開，上面也會開！心開了，荷包就會開！六號捍衛著自己。

那你不如放個A片就好了啊！何必搞到泰國去，幹，還要我學泰文在旁邊幫你配音！你也提高一點質素好不好，有高倉健出來見證他們的愛情，這才叫可歌可泣！

我也有鄧麗君啊！六號不甘示弱。

五號、六號最愛吵，吵得影響到其他人工作時，黎振宇一號只好出來仲裁，說：你們都很厲害，但是，請再給我更厲害的。

一號給五號、六號的指令再更強烈一點，免得他們故步自封，「你設計的時候只要想著：人類，尤其是女人，可以被自己的大腦騙到什麼程度？就往那個極致去做！」

如果黎振宇不幹詐騙的話，他們應該是很堅實的腦科學研發團隊。如果他們不幹詐騙的話。

他可以是補教界名師，「振宇英文」或「振宇物理」四個大字打在南陽街招牌或公車站牌也都很搭。因為名師做的事情叫作畫重點，而黎振宇超會畫重點。

那是三號、四號做的事，對團隊而言極為重要。陪女人聊完歷任男友、成長創傷之後，整理出摘要，抓出重點。他們的筆記本會是這樣言簡意賅的格式：

A女狀態：工作八年，存了一筆錢，想要思考人生的意義。

接下來的三個禮拜，黎振宇們都在陪她思考人生的意義，但心中盤算的，是那「存了一筆錢」。旁敲側擊她想不想用小錢換大錢，想不想只要賺到錢一輩子就不用再去想人生的意義，同時努力談戀愛，讓她把人生意義鎖定在：只要跟黎振宇在一起，我的人生就充滿意義。

B女狀態：老公有小三，離婚，拿了贍養費生活，上網療傷。

黎振宇們卯足勁陪她療傷，說自己被老婆劈得更慘，搞上的是他的哥們，「最後我一塊錢都不要，要她跟她的小王趕快離開我的視線。」但不能讓B女覺得他一塊錢都沒有，「我自己憑投資本事，三年內又賺回來了。」我們是同病相憐、惺惺相惜，兩個受傷的靈魂彼此慰藉。

馬翠翠狀態：房子買了一棟又一棟，男人卻一個都留不住。

黎振宇三號分析，買房子代表的是安全感，她又是養女，特別想要一個家，不然怎又會把民宿取名為「馬姊的家」，黎振宇們窮追猛打，努力描繪他們的「家」。五號、六號那一陣子常放陳昇的〈不再讓你孤單〉當作黎振宇開車背景樂，後來直接稱「馬姊主題曲」。果然，馬翠翠為這個未來的家掏出了銀兩。

他可以是情書代寫員或編劇。黎振宇二號可以寫出：「我是與幸福擦身而過的人，希望老天能給我第二次機會。不，不是老天，是你，善良溫柔而不計前嫌的你。」或是「人家都以為我是個成功男人，但是，沒有好好愛上一個女人，我只覺得自己是失敗的。」

二號的桌上有一整排「教你談戀愛」的書，他也勤閱讀網路上的金句文章，標題大多是：「當男人說出這三十句話時，就是他愛你」、「讓女人心動的十個瞬間」，二號會把金句寫成大字報貼在四周，黎振宇們個個每天耳濡目染，也就都變得很會談戀愛了。

他可以是談判專家。尤其當女人們開始起疑，堅持要視訊，「你要視訊就是不信任我，好，我可以去換電腦換手機，去學怎麼用，但是在視訊燈亮起的那一瞬間，我們之間就玩完了，因為兩人之間已經沒有了信任。」當然，故事發展從沒有來到過視訊燈亮起的那一瞬間，十個女人中也許有兩個覺得裝孝維，從此不再聯繫，但有八個會選擇繼續信任，因為她們不願和黎振宇玩完。

黎振宇還要學會各種假哭的哭腔。見不到你我好想你的思念的哭法，能夠認識你我真的好感動的哭法，我們已經都這麼親密了你還不信任我的哭法。要哭得讓女人們感覺眼淚真的就從手機聽筒流出來，流到她們的臉頰了。而其實，那是她們自己的眼淚。

他可以是個秘書：寶貝吃飯了沒有？感冒吃藥了沒有？吃水果了沒有？蓋棉被了沒有？過馬路看車子了沒有？一旦女人們卸下心防，把他當作Siri一樣交代行程，秘書也要自動升級：寶貝今天上班還開心嗎？今天跟朋友聚餐還開心嗎？今天去買新內衣還開心嗎？（我好想看哪，老婆，穿著拍張照傳給我看吧。）

他甚至可以是一個鬧鐘：我陪你聊天，聊到你睡著，然後明天早上再叫你起床。

黎振宇可以做這麼多事情，但他卻選擇了幹詐騙。太可惜了。

第三章　馬姊的春天

總是這樣的，不來就不來，一來來三個。馬翠翠這三個還都不是新來的，全是回頭草。小錢在她掌握之中，阿丁本來就是她每天殷殷盼望，而老白，則完全是個人生大走鐘。

她……好，她不准人家用她，那就回到「他」，一律平等。他走進來的時候，馬翠翠嚇了一跳，他仍是白阿姨，只是原本歐巴桑及肩鬈髮變成了平頭，抹了油；原本還算有料的上圍，被繃成幾近平坦的緩丘，上面有兩條吊帶，吊帶底下是藍色細直條的襯衫，像小鎮銀行坐在裡間的那個歐吉桑會穿的那種，下半身是大尺碼的牛仔褲，罩住了原本的小腹。

馬翠翠視線停在褲腰，白阿姨哈哈大笑開來，說褲子是在大鳥店買的，馬翠翠不解，白阿姨補充：就是三角窗看板寫著「再大的鳥都裝得下」那種店有沒有？馬翠翠笑了，回說：那現在應該改一下，是生過三個小孩的屁股都裝得下了！白阿姨也笑了，唯獨他身邊的女伴不笑。一個穿著手染布長衫長裙，長髮蓋住半邊臉的瘦黃女子。

白阿姨很愛演，他跟翠翠說，我剛剛那是叫偷跑、rehearsal啦，等一下我再進來一次，我叫老白，她叫花枝，你不准再叫我白阿姨囉！老白說著推著花枝往外走，翠翠像看戲一般等著。

「馬姊的家大安館」玻璃門被推開了，門上的風鈴叮噹響了一串，翠翠聽話地熱絡招呼：「老白花枝，歡迎光臨！」這次花枝還拖進來了他們的行李。

已過了晚餐時間，老白說他們吃過了，要她別忙，翠翠還是端上迎賓水果茶和酥烤奶油大蒜厚片，老白這才娓娓道來。

他很早的時候就跟老公說好了，等到小女兒大學畢業，他就要離婚，然後去愛女人，因為他的人生任務已經完成了。

「生完三個小孩，我就跟他說了，我愛的是女人，但是只要我們的婚姻關係還存在，我就不會做讓你丟臉的事。他還問我，你可以忍嗎？我說有什麼不能忍，欸，我還是你的妻子咧，應該是我問你能不能忍吧。雖然後來，他真的受不了的時候，我還是有用手和嘴巴幫他啦，畢竟睡在同一張床上嘛……」

翠翠知道老白的風格，葷素不忌，但她不想在陌生人花枝面前聽這些關起門的事，所以幫他們倒上水果茶，藉機切換話題。

「老白，那你現在是？」

「哎呦，三八啦，你免煩惱，我該有的都還在，生下來就沒有的也沒有。」

翠翠本來想問的是感情關係，老白卻從生理交代起，也好。

離婚後，老白沒有去搞什麼變性手術的，只是讓自己的外表徹頭徹尾變成了個T，一開始不穿胸罩，但是實在垮得難看又激凸，是小女兒看不下去，先去買了沒有拖高集中功能的運動內衣送他，後來又買了束胸。老白站起來轉了一圈給翠翠看，要她給意見。

很好。翠翠說，我已經想不起來你以前的樣子了耶。

的確，翠翠甚至想不起來，上次擁抱著白阿姨是什麼感覺。照理說兩個女人擁抱是胸壓著胸的，但因為沒有性的慾念，重點也就不放在性癥了。但擁抱的確是白阿姨教會她的，在她的家裡沒這種習慣，翠翠沒抱過馬校長跟阿春媽媽，卻抱過白阿姨許多次：房子成交的時候、阿春媽媽中風送進去急救的醫院長廊、每次見面喝下午茶的鄉村風咖啡館。印象最深的一次，是和小錢藕斷絲連煩得要死，大雨中開車去白阿姨家，白阿姨撐著傘出來迎接，一開車門就單手給她一個擁抱。

那次她在他們家住了兩天，像一隻在雨中走失的小狗，睡在他大女兒的房間，妙妙，她還記得。老大翰翰是兒子，去澳洲讀大學，妙妙在南部讀餐飲管理，那時候在家的只有小女兒佳佳和他們夫妻倆。他老公叫福哥，長得瘦小不起眼，開水電材料行，店裡雇了幾個跑外面的師傅，福哥自己也會簡單的修繕。翠翠在他們家那兩天，正好是颱風天，是的，不是她不願意回家，而是外頭風強雨驟走不了，她和白阿姨坐在餐桌前聊天，突然，頭頂上的吸頂圓盤燈熄了。福哥拿著手電筒過來，他們的小圓餐桌只有兩把餐椅，白阿姨的大屁股不動，翠翠明明是客人，卻只好站起來了。

福哥小心翼翼地解開木頭靠背椅上的拼布椅墊，踩了上去，檢查之後換好燈管，從椅子下來之後，先是到廚房拿了抹布擦拭，才又把拼布軟墊放回，打好兩個小蝴蝶結。那時翠翠突有一個感覺，白阿姨家這些鄉村雜貨風擺設，其實是福哥的風格，另一側的成交業績王背帶獎牌匾額，才是屬於白阿姨的。他們在一起像兄弟，白阿姨是大的那隻，要撒嬌時也是大手往福哥肩膀一攬，豪邁的低音嚷著：老公有沒有！

「老公，小馬長得好像劉瑞琪有沒有？」翠翠記得，福哥憨厚害羞地多看了她一眼，說：「小馬比她漂亮啦。」

現在，老公換成了花枝，老白對馬翠翠的形容與抬舉則維持不變：「花枝，小馬長得好像劉瑞琪有沒有？」肥壯的手臂擱在花枝的斜肩上，花枝不置可否，面無表情。老白自己接了：「不過不要像現在的她，她現在太瘦了，小馬，你也要吃胖一點。」

老白另一隻手捏了捏翠翠的肩膀，翠翠無法不注意到花枝像監視器般的銳利眼神。翠翠好奇發問：那福哥呢？

「就跟翰翰去澳洲了啊，現在每天幫他帶小孩當阿公好快樂哦，好像也交了一個新女朋友了，大陸的。他早上還把照片LINE給我看。」老白說著把手機遞給翠翠。

照片中的福哥瘦小依舊，但戴了墨鏡，穿了一件帶墊肩的皮衣，好像有範兒一點了，女伴則明眸皓齒凸胸窄臀長腿，比福哥高半個頭，但因為纖瘦，看起來倒也有點小鳥依人感。老白湊過來補充：「啊，他們那邊這種的很多啦，每個看起來都好像腰很軟還會劈那種一字馬有沒有。」

老白說完自己哈哈大笑起來，隨即發現自己好像說錯話，安撫般地捏捏花枝無肉的臉頰：「你不算、你不算哦，你是氣質美女。」

翠翠快速會意過來，理好人物關係圖：老白和福哥這對夫妻，在老白出櫃而兩人離婚之後，各自在台灣與澳洲認識了大陸女子，進入穩定交往的關係，並且彼此祝福。他們人生的劇本，為什麼可以這麼圓滿？上半集歡喜落幕了，下半集又順利開鏡。福哥的女主角，是照片裡那個素人版Angela Baby，而老白的，是眼前這個，無法形容的素人版的素人。

素人花枝突然站起來了，問：「洗手間在哪？」五個字，語氣冰冷，音調奇尖。翠翠以多年服務奧客的智慧，按捺著情緒，微笑著指引她，幫她開燈。這時她看到花枝的手染布長裙上畫著大朵荷花，心裡有了幾分底。是丁亞東教她的，看到穿手染棉麻布的人，可以當朋友，但是如果是手染棉麻布上又畫荷花的，最好快跑。

小她好多歲的大男孩阿丁，在雲南自己買布向老師傅學染布，學來的人生智慧，翠翠現在才懂了。若以阿丁的「配件說」，翠翠覺得老白現在手上少了一只紙扇，他應該像電視劇《孽子》裡面的丁強一樣，揮這揮那，搧搧風，演好一個T版的楊教頭。

老白壓低聲音說：你別看花枝惦惦，她其實心地很善良。

翠翠現在是不信這些了：他心很好，只是嘴巴賤，他心很好，只是行為傷人，他心很好，只是不會笑。狗屁。但她還是不發評論，畢竟是老白帶來的女友。

老白說：「小馬你知道我第一次看到花枝的時候，她在幹嘛嗎？她蹲在台東的一個養狗場，幫一隻母狗的傷口挑蛆！你知道那個虐狗的人多可惡嗎！把花枝、喔，那隻母狗的名字叫花枝，花枝的整個耳朵跟半邊的臉皮都被割掉！不知道哪個好心路人把牠載到養狗場門口來……」

翠翠整張臉皺在一起，聽完花枝的故事。她從洗手間出來了，靜靜坐在老白旁，一句話都沒補充。花枝那時候還不叫花枝，那隻狗才叫花枝，因為在生炒花枝攤的廚餘桶旁邊被撿到，狗兒花枝傷口發爛，全身發臭，醫生說安樂死吧，人類花枝不肯，堅持幫牠把那些蛆都挑掉。老白問她為什麼，她說：我在練習白骨觀。就是世間上所有的一切，所有你愛的人和動物，都會變成一堆白骨，要把這些蛆也當成是白骨。

蛆挑完了，狗兒花枝還是沒活下來，她決定把自己改名叫花枝，紀念那隻狗。聽起來真的是心地善良、純真、赤誠可愛的人哪，翠翠還是不解，花枝是只有對她這麼冷淡嗎？於是，她先釋出善意，主動攀談，卻好死不死問了個很地雷的問題：「怎麼會來到台灣呢？」

花枝不語。老白說了，她是廈門人，從小一心想成為台灣人，仲介牽線，第一次嫁，卻嫁到金門，她下船時差點崩潰，這不是台灣啊！憤而離婚再嫁，一嫁又嫁太遠，嫁到中央山脈後面，台東。還好第二任丈夫死得早，她自由了。

翠翠聽到廈門時，心臟揪了一下，而且面對的是這怪裡怪氣且不帶善意的神秘花枝，但她還是先按下了，不然，難道要問：請問你在廈門有親戚在幹詐騙，或你有個表哥堂哥叫黎振宇嗎？但是，也許還是可以套到一些蛛絲馬跡，儘管廈門那麼大。翠翠又問了個白目的問題：「名字改成花枝，是身分證也改了嗎？」

花枝仍冷冷回應：「沒有，我叫許玫，玫瑰的玫。」簡短有力，好比在農村衛生所打預防針報名字。

老白補充，對啊，以前她叫小玫。你去台東問，還是很多人都知道她的。小玫在台東山裡種過菜、賣過茶，有空就去養狗場幫狗洗澡殺蟲。但是，老白怎麼會跑去台東呢？

老白離婚並且變身之後，本來還想繼續在原本的房屋仲介公司待著，其實同事和那些晚輩小朋友也都還對她很尊重，只是她自己想要重新開始。離婚時和福哥說好雖然還是朋友家人，但能乾淨清楚最好，他們把過去投資的房地都賣了，均分為五份，兩人與三個小孩各一份。她經人介紹，帶著錢到台東去，說想發展建案，錢收了，人飛了。

「反正我又不是笨蛋，我還有存底。」老白說，那幾百萬飛了，是為了讓他遇見花枝，人生就是這麼公平，一物易一物。

老白說：「就像交換禮物，你要甘願。」

那為什麼翠翠的阿丁跑了，換來了個黎振宇，帶走了她的幾百萬，卻什麼都沒有換到呢？

那天他們繼續聊到好晚，翠翠以為他們會住下，沒有，老白說有朋友要來接，翠翠送他們到外面時，打了照面，是另一對中年女同志伴侶，開著拉風的三門跑車。

送走老白花枝，翠翠已睏得迷迷糊糊，她摸上床時，不斷想著，那不是我的世界、那不是我的世界，同時想著，我會換到什麼？

這個禮物，一點都不美好。它在隔天上午就以翻天覆地之姿駕到。

翠翠睡得奇差，作著層層疊疊的夢，早上起來，馬姊的家大廳已流洩著輕音樂和烤麵包香，翠翠想，很好，老白震撼過後，她又回到她的平靜生活了。她一如往常梳妝打扮好，儘管在「家」，民宿女主人也要楚楚動人。推開了門，唯一的那一組客人已離開了，翠翠原本打算過去送上飲料，笑咪咪地說：「抱歉昨晚有朋友來聊天聊到晚了點，希望沒有吵到你們。」又是一個人生沒照劇本上演，無所謂了，日後有緣分還是會彌補他們的。

員工方姊從廚房走出來，說：「啊，馬姊，你的朋友昨天晚上好像有東西忘在一樓廁所，我放在櫃檯。」

廁所？翠翠只記得花枝進去了一次，老白去了嗎，沒印象了。翠翠看到櫃檯上的印花布小束口袋，哦，想起來了，是花枝配她的荷花棉麻裙的小袋子，昨天拎著一起進廁所，應該就是女性生理用品或小化妝包吧，翠翠掂了掂，軟軟的，又像蜜餞或潤喉甘草橄欖這種看起來花枝會隨身攜帶的東西，或一串佛珠，不，佛珠應該會硬一點。

翠翠快速跑過這些打開黑盒子之前的猜測，然後，鬆了鬆那束口繩。

翠翠發出悽厲的尖叫，方姊趕緊跑出來，叫得比翠翠還慘。但方姊畢竟是有練過的歐巴桑，快速拿了舊報紙罩住那坨東西。

是，一袋，萬頭蠕動的蛆。裝在手掌般大小的透明夾鏈袋裡。

誰會隨身攜帶一袋蛆，還像帶生理用品一樣地帶進廁所呢？還是愛護動物的心地善良的花枝，想要把這些蛆帶來女友昔日友人經營的民宿的水管放生？翠翠被擊敗了，她覺得花枝有病，花枝在整她，但到底是為什麼？

翠翠做了幾個深呼吸，抓手機打電話給老白。

「她、她是故意的！白阿姨！她從第一眼就不喜歡我！」翠翠像一個對母親哭訴被同父異母的姊姊欺負的小女孩。

電話那頭的老白，及其身旁的花枝，想必還沒睡醒，老白一頭霧水，問：「誰?你是誰?」

「我是小馬！」

「那她……她是誰?」

「花枝啊!她把一袋蛆丟在我廁所！」

老白似乎清醒一點了。「你等一下，我把她叫醒問清楚，再打給你。」

不到一分鐘，老白就回電了，語氣輕鬆活潑，一點都不像要仲裁。

「哈哈哈，小馬，你不要怕啦，那不是蛆，那是麵包蟲!花枝買來要餵鳥的！不好意思哈，嚇到你們了。」

翠翠分不出來蛆與麵包蟲，但她也不想再看一次。

「那為什麼要把麵包蟲帶進廁所呢?」翠翠仍然不解。

「你等一下，她說要自己跟你道歉。」

花枝接過電話，這次，完全是個無辜小女生語氣。

「小馬，對不起。我有好多這種小包的嘛，我昨天一急，就拿錯了。真的真的，很對不起。」

接著是老白。「你都聽到了齁，小馬，不用怕啦。好啦，你就先幫我們把它丟了吧，我們改天再去找你玩齁。」

翠翠掛掉電話時，隱約聽到被迫道歉的花枝不甘心地嬌嗔囁嚅了一句：「那她幹嘛打開啊。」

翠翠愣住了，對，我幹嘛打開啊？

方姊說她剛剛已經拍照上傳到網路的昆蟲愛好者論壇，問有沒有人要？結果有網友說那是麵包蟲沒錯，等一下就會過來拿。

很好。有時人生真的需要多一點有練過而且會用智慧型手機的歐巴桑。

翠翠以為與這對奇葩伴侶的緣分應該就到那偽裝成衛生棉的一袋蛆為

止了，但是沒有。老白顯然把她加入了每日一LINE名單，經常傳來勵志小語、搞笑影片和長輩貼圖。有時也有那種看起來是只傳給翠翠一人的心情點滴，像是：「今天和花枝救了一隻很老的混種拉不拉多，小馬，我希望自己像老狗一樣的時候，也有地方可以停棲。」

智慧型手機通訊出現之後，好像把每個人的文筆都變好了。翠翠大多回一些愛心、擁抱、加油打氣表情。

兩三個月過後，老白傳來一個影片，很長，所以下載很久。先是一條河，河岸上有些木造樓房，張燈結彩，然後是老白入鏡（未剪接的畫外音：花枝，換你幫我拍，有拍到嗎，那個，對……）。老白誇張地做著外景節目主持人的動作表情：「小馬！你知道我們來到哪裡嗎?!就是這個，噹噹噹！翠翠酒家！」

「然後還有這個，」老白從Gore-tex風衣口袋掏出一盒檳榔，對鏡頭亮出包裝盒上的字，「噹啷！翠翠檳榔！」老白自己笑得好開心，拿著手機的花枝似乎也很高興。「我們現在在湖南的鳳凰古城！昨天去張家界看那個阿凡達森林……」老白說了一串，最後認真地看著鏡頭，說：「小馬，你應該多跟我們出來玩，出國走走，外面的世界很寬闊的。」

翠翠才點開看完，老白又傳了好多張風景照過來。翠翠自己知道，為什麼那個地方有那麼多翠翠周邊商品。

馬校長是湖南湘西人，他把翠翠取名叫翠翠，是因為那兒的作家，沈從文的小說《邊城》裡，女主角就叫翠翠，翠翠沒有父母，跟著爺爺長大。《邊城》大概是翠翠少女時期看過的唯一一本課外讀物，簡明圖畫版。故事全忘了，只記得翠翠這名字。哦，還有，小時候馬校長逗她時會唸著的：「不是翠翠，不是翠翠，翠翠早被大河裡鯉魚吃去了。」

馬翠翠沒有出過國，連香港上海沖繩這種都沒有，因為沒有伴。她沒有兄弟姊妹，上高中就交男朋友，也就沒了姊妹淘，出社會不久就自己開民宿，沒有職場同事。老白還是白阿姨的時候，曾經揪她一起跟團出國旅遊，但時間都恰好對不上。她在他們家看到那些印在盤子上的，全家在普吉島坐拖曳傘，在峇里島泛舟，覺得那才是家庭。而她是一個沒有家庭的人。

她的護照與台胞證，是幾個月前認識黎振宇時才辦的，為了要去廈門點收那間不存在的房子，最後也沒用到，出入境依然空白。

或許因為如此，當老白這次找她一起去澳門三天兩夜自由行，她沒有考慮就去了。翠翠挺興奮，在網上找了些資料，老白安排住在富麗堂皇的五星級賭場飯店，白天逛大三巴、吃蛋塔豬排包、買土產，老白花枝說他們幾乎每個月都來，買到熟門熟路。八月的澳門，悶熱得很，但他們戴上遮陽帽又撐花洋傘，不以為苦，翠翠在學習，讓自己當一個耐操的歐巴桑。花枝態度好一點了，但仍不怎麼跟翠翠說話，緊緊黏住老白。翠翠盡量讓自己放空，再放空，到了著名景點也主動幫他們拍合照，翠翠在學習，與姊妹淘和平共處。

翠翠是第一次出國，又是老白的小妹，照理說老白應該要無微不至，但到第二天老白就有點沒力了，不是因為要同時搞定兩個女人太累，而是，他晚上完全沒睡。

翠翠自己一間房，她回房洗澡睡覺之後，老白和花枝又繼續下賭場去玩，早餐桌上兩人皆黑著眼圈，說安排翠翠自己去看秀，他們還要繼續拚。翠翠有點懂了，花枝那一直斜揹在胸前的大包，裡頭其實全是鈔票，他們這幾年是職業賭客。

第二天，翠翠自己看了秀，買了新墨鏡新洋裝新鞋子新包包。第三天，老白花枝沒一起吃早餐，翠翠收好行李，自己下到大廳，他們兩人倒也沒意外地準時退房。然而，外頭開始颳風下雨，颱風來了。

預定中午起飛的班機，他們卻一起在機場被困到晚上十點，三人玩了一天的撿紅點，飛機宣佈不飛，由航空公司載往過境旅館。當然，不會是五星級大飯店了，是市區裡的小商務旅館。按照規定，兩人一房，若是單人就得跟別的同性別陌生人併房。為此老白跟櫃檯吵了一輪，他說要不然你們兩個睡，我跟不認識的人睡。花枝不敢說不要，臉倒已臭到翻了。翠翠倒是寧可跟不認識的人睡，也不要跟花枝睡的，但不能直說，只好一直說沒關係沒關係。翠翠在學習，鬼打牆時刻，如何找到出路。

最快的出路，仍是錢。翠翠自己付錢，換到單人房。

這多出來的一夜，翠翠只想趕快睡覺。老白，卻來敲門了。老白的樣子不太一樣，翠翠以為他跟花枝吵了架。不是，老白是來告白的。老白說如果沒有說出來，他會很難過。

他說，十多年前那個颱風夜，翠翠睡在妙妙的房間，不知道外面發生了什麼事。其實，那個晚上，在隔壁的他與福哥的房間裡，吵得可轟動熱烈。福哥哭得很慘，說：「我看出來了，你很喜歡小馬。如果你想要跟她在一起，跟我離婚，我會成全你們。」老白說我是喜歡小馬沒錯，但是我不會違背我的諾言，等佳佳大學畢業我才會去想跟女人在一起的事。

現在，老白坐在這陽春旅館的翠翠的床沿，說：「我知道你不可能接受我。所以，我就故意把你帶來看我很幸福的樣子，十多年前，我和男人在一起的時候是這樣，現在，我和女人在一起還是這樣，我覺得自己真的很可惡。」

外面的風雨越來越大了，翠翠卻覺得眼前的老白變得好小好小，比福哥還小，比小時候被馬校長逗玩著的翠翠還要小。翠翠，不由自主地，擁抱了眼前這個壯碩的歐巴桑T。甚至，帶著好奇或惡作劇地，主動伸手撫摸他束成一塊的胸部。

然後，自然而然地，他們開始脫衣服，翠翠連喊停的時間都沒有。唯獨老白要嘴對嘴吻她的時候，她別過了頭，說還沒準備好。老白很厲害，用手跟嘴幫她到了高潮，在她以潮濕的薄被捂住嘴讓自己別叫出聲時，門外，花枝開始用力地拍門了，如一個來抓姦的暴走女人。

花枝不斷尖著聲調喊著：老白！你出來！小馬，你這賤女人！同時對門板拳打腳踢。從聲音判斷，隔壁的住客都被吵到受不了，出來走廊上抗議或伸張正義了。翠翠沒想過，人生會不堪到這樣，她比老白還快穿好衣服，但老白卻悄悄話示意她：先別開門，先想好要怎麼講。翠翠慌了，比遇上詐騙集團還慌。

這時，門外吵吵鬧鬧的各種腔調聲音中，忽有一道沉穩溫柔的聲線，清晰無比：「女士，你先冷靜一下，你確定裡面有人嗎？你這樣，讓大家都睡不了覺了。」

是，黎振宇。是那個每晚叫她來廈門，問她吃飽睡暖了沒的聲音。

翠翠想都沒想，直衝上前，老白拉都拉不住。翠翠開了門，看到那個聲音的主人，一個穿著白背心的平凡年輕男子，素人版的素人，站在斜對角房門口。翠翠想，衝進去吧，那裡面也許有一堆黎振宇在上網在偽造身分在盜取個人照片，但一個搖著嬰兒的清純少婦出來了，拉拉男子，女子說：「沒事了，別管人家閒事。」他們掩上了門，是一個家庭。

是黎振宇嗎？不是。

翠翠怔怔地回到了房裡，卻吃了花枝揮過來的好大一記巴掌。老白已跪在地上，狼狽地對花枝說著：「你不原諒我，我不起來。」

這是白阿姨嗎？不是。

但她臉上這個莫名其妙的巴掌，肯定是真的。翠翠決定要反擊，她毫不客氣地，回給花枝一巴掌，憤憤說：「從看見你的第一眼，我就想打你了！」翠翠說的，也是真的。

花枝顯然嚇到了，也顯然一整個惡人無膽。她摀著臉頰往外走，忍不住又回頭，撂下一句：「你們這對狗……狗……狗女女！」

這時，老白和小馬，應該都有點想笑但笑不出來。

但是，重點不在是男是女，而是，如果你真的愛狗，就不該拿狗來罵人啊，花枝。

第四章　馬姊未完的春天

在什麼情況下，一個人與另外一個人會永遠不再聯絡呢？馬翠翠現在知道了，她與白阿姨永遠不會再聯絡。那天花枝氣呼呼地走掉以後，老白撐起肥碩的身體，急欲追上，卻沒站穩，往前踉蹌了一下，他留在翠翠記憶中的最後一個畫面是他的大屁股，一個母親般的豐臀。

哦，對，白阿姨膝蓋不好。天氣濕冷的時候，會嚴重到不能彎曲不能上下樓梯，她曾經陪白阿姨去針灸拔罐，在二十多歲的時候。

翠翠突記起來，但已經沒有意義了，不是有情或無情這麼簡單而已。她沒過去攙扶他，他們沒再多說一句話，白阿姨走回他與花枝的房間，翠翠關上門。她憤憤沖了個澡之後，在陽春的床邊桌上，看見了「香港吃喝玩買兩天一夜」的立牌，想都沒想就打了電話，線上刷卡完成報名。

隔天翠翠當然沒在機場出現，老白花枝也沒打電話或傳訊息來，他們有覺得不安或稍微討論一下嗎？翠翠管不到也管不著了。她這樣一個四十多歲沒出過國的人，倒也把自己搞得妥貼，在飯店門口搭上接駁車，跟著旅遊團小旗子乘船渡海，在颱風過境後的細雨中，來到了香港。曾經她與黎振宇相約，要來吃海鮮、買名牌、看房子的香港，黎振宇說他有好多房子和好多分公司在這裡呢。她覺得自己現在像個臥底了，但在一個假人捏造的假資訊裡循線追蹤，能追得到什麼呢？

翠翠花兩天時間跟一群不認識的人，逛了黃大仙廟、搭山頂纜車上太平山看了夜景、廟街吃大排檔，最後被丟在一個大商場裡，自由購物。這兩天她的小天使出現了，是一個小學四年級的小胖妹，名叫田欣。

名字很好聽，但人不怎麼討喜，自然鬈的頭髮完全不知怎麼整理，像炸開的米粉，從頭到腳都胖，快到青春期了手腕仍有一圈嬰兒肥，兩頰極鼓，過早地近視，粉色膠框眼鏡堵在肉上。田欣這兩天在遊覽車上就坐在翠翠旁邊，因為車子滿座，其他人都成雙成對，包括田欣的暴發戶爸爸與嬌嫩的繼母。

翠翠的年紀一定比她爸還大，說不定可以當她繼母的媽，但田欣叫她：「姊姊」，她爸也是個胖子，穿著POLO衫，下午香港出太陽了，她爸從頭皮到兩腋皆濕，出手闊綽，沿途不停地買，玉石中藥什麼的，雖與童顏巨乳嬌妻走在前頭，卻沒忘記胖女兒，不斷遞過來咖哩魚蛋和芒椰凍飲，好像覺得不好意思了，第三攤以後也幫翠翠買一份，好似翠翠是他們的第四個家人，從台灣來的大姑或表姨什麼的。

翠翠本來沒打算跟田欣熟起來的，因為一上車這胖小孩便不停吃著零嘴，看著車上小電視機播放的春晚錄影，抖著腳，咧嘴傻笑，身上成套的粉紅色運動衣褲顯然太小，全身繃著，像一具粉紅色的侏儒木乃伊。翠翠以墨鏡擋住眼睛，始終裝睡。

一次下車尿尿，又上車時，田欣對翠翠說：「姊姊，你打哪兒來的？」翠翠冷淡回：「台灣。」田欣開始自我介紹，她是浙江某縣的，跟爸爸與阿姨出來玩，他們從浙江玩到深圳，又來到香港，全程爸爸阿姨住一間房，她自己一間。

「我每個晚上都被鬼壓呢！」她鏡片下的眼睛靈活滾動。她又說，別看爸爸這樣，他才是受傷的人。小學一年級的時候，媽媽愛上了廠裡的叔叔，跟他回安徽了，爸爸是今年才又娶了阿姨。「姊姊，你知道我爸爸的公司叫什麼名字嗎？叫田邊一朵雲！田邊是我爸的名字，朵雲是我媽的名字，他現在都沒改呢！」

翠翠笑了，這小孩雖不甜美，但還算靈活聰明。田欣見翠翠沿途比對導遊發的摺頁地圖，圈圈畫畫些什麼，實在看不下去，「姊姊，你不是用蘋果機的嘛?!」

田欣開始教翠翠善用智慧型手機，在地圖上標記，翠翠的手機地圖上突然多出好多黃色星星。那全是黎振宇之前傳來的假名片上的假公司、假房契上的假地址，沒料香港還真的都有這些區這些路。

最後一天在商場，田欣被丟在美食城不停地吃，偶爾玩玩扭蛋機。翠翠突生出了惻隱之心，她從小也是一個人，但從來不感覺這麼孤單，大概是她是校長的女兒，馬校長與阿春媽媽又把她當小公主一樣打理，雖然在學校不是最漂亮，也不是功課最好，但至少是惹人疼的。是的，有人疼，就不會覺得孤單。田欣在小小的十歲就被放棄治療，將來不知道會如何。

翠翠在日本品牌的少女服飾櫃挑了一件荷葉邊圓領的白襯衫和特大號的格子裙，準備在旅遊團解散時送給田欣，感謝她教她用手機，其實翠翠買下衣服時想的是，如果我有一個女兒，我會讓她這樣穿。如果一家三口要拍全家福，就會讓我老公與我也穿上白襯衫，然後身上各有一點格子布的裝飾。

他們在港澳碼頭邊分開時，翠翠把那名牌紙袋拿給了田欣，胖小女孩有點受寵若驚，那名叫田邊的老爸也覺得這台灣同胞真的太多禮、太有心了，便掏出一張名片給翠翠，說到有空到浙江來玩。翠翠看了名片，田邊一朵雲，原來是做洋酒買賣的。田邊轉頭去開行李，像要找著什麼回贈翠翠，田欣的繼母過來了，靠近翠翠咬著牙壓低聲音說了一句：「你別以為能取代我。」

翠翠來不及反應，差點要反射動作地也給她一巴掌。真的，摑人巴掌是會上癮的，這麼甜美可人簡直視訊小模的外表底下，原來也是一個花枝，非親非故，只是兩天一夜幫你們照顧小孩也會招來怨妒，翠翠不解極了。田邊遞給了翠翠兩小瓶樣品酒，翠翠收下了，巴不得立馬扭開一飲而盡。

翠翠才走到外頭，就把那張名片一捏丟進港務大樓外的垃圾桶。不可能會再聯絡的。她想著，她與這一家人只是散客旅遊團中的個體，因為散而湊在一起，分開了也就散了，本來就是散的。

翠翠來到請導遊幫她訂的旅館check in。灣仔與銅鑼灣之間的三星酒店，大廳精緻溫暖，一進電梯卻是一個肥老外，兩手各勾一個黑長直髮、穿著緊綳平口迷你裙裝、踩著恨天高的大陸妹，他們從地下樓的酒吧上來的，翠翠拉著箱子侷促地站到最角落，不料他們竟住同一樓，二十樓，商務樓層。

這一到二十的數字燈還真漫長，醉醺醺的老外渾身臭氣，反覆問著兩隻雞的名字：哦，你是Vicky，她是Amy。「No～no Amy～I am Emily！」翠翠看著電梯門上反射出來的歪扭的三條肉，她沒轉身去看都可以背起來了，這兩個複製人左邊是Vicky，右邊是Emily，肥老外還在鬼打牆。終於，叮，二十樓到了。

緣分到底是什麼呢？翠翠的房間竟緊鄰這3P砲房。她累極了，往床上一躺，一邊聽著隔牆的伊伊歪歪，一邊，打開了她與黎振宇往昔的對話紀錄。

這是報案時，把她的mini iPad和手機帶去警察局，網路警察幫她備份打包封存的。原來LINE的文字訊息和圖片是可以完全存下來的，翠翠不懂這些，但是語音通話卻在切斷通話的瞬間，就變成一個平面的小圖示了，只記錄下了通話起迄時間，與總長度。

那晚從23點11分開始，通了3小時8分36秒，是在講些什麼呢？還有這一頁，短促的5分零3秒，斷了，又通，17秒之後又斷，翠翠丟過去一個嘟嘴插腰的兔子貼圖，黎振宇打字傳來：「今天不知怎的，訊號太差了。」

那時，還原回他們的犯案現場，應該是忙著跟另一個笨女人通話或打字吧。翠翠有一組熟客，四個曾是高中同學的中年婦女，大約一年一次約齊了人，拋夫棄子，到馬姊的家住一晚，翠翠曾經聽到她們聊，其中一人的老闆專門請一個秘書，安排老婆和多位情婦的行程，必讓她們完全錯開，又讓老闆游刃有餘。

但在虛擬世界，多麼簡單，這個視窗斷線，那個視窗連線，就好了。面對女伴們的猜忌埋怨，又只需要推給電信業者，多省事。

翠翠滑著mini iPad，來到某月某日深夜的語音通話紀錄，4分32秒，中斷，然後隔了五分鐘，黎振宇打字傳來：「你看你老公多厲害，花不到五分鐘就讓你高潮了，洗好了沒啊寶貝？」又隔五分鐘後，翠翠才回到iPad前。

那天他們玩線上調情，翠翠自己幫自己到了之後，嬌羞說我去洗一下。她記得那晚自己淋浴的時候興奮又焦急，好像情人就在浴室門外的床上等她回來再戰第二回合，然而，當她洗淨擦乾，出來，只有一台冷冰冰的平板電腦在床上等她。

她上線，打字：

翠翠：以後不這麼玩了，我想跟你真實的、面對面的、肉貼肉的做。

振宇：我當然也想，你趕快來吧。

翠翠：那你喜歡怎麼做？

振宇：只要你在身邊能做的我都想做。

隔壁的Vicky與Emily叫得此起彼落，一直鬼叫coming、coming，一聽就是假的。翠翠嫌惡著，同時想到，不，人家可是真槍實彈地在肉搏著呢。那麼，與真人在床上赤裸纏繞發出的假高潮，比起被假人透過語音挑逗撩撥到達的真高潮，哪個是真的，哪個是假呢？

翠翠又在香港多住了四天三夜，拿著田欣幫她標好的手機地圖，按圖索驥。油麻地駿發花園四座，是那對自稱黎振宇遠房表親的香港夫妻（後來警察查證了：假人兩枚）住的地方，黎振宇說他在那社區也有兩戶在租人，每戶每月港幣六千，「寶貝如果你想偶爾去香港住住，我就把它收回來。」黎在電話裡這麼說。不錯的地方，雖然不是豪華社區，但有生活感，樓下有公園和兒童遊戲區，又連著一個電影院和書店。翠翠在裡面喝了一杯咖啡，在書店買了一組文創馬克杯，上面印著香港地鐵路線圖。

她乘地鐵到港島。德輔道中盈置大廈某樓某室，黎振宇投資的地產公司在那兒。「你知道鏞記嗎？就在公司附近，哇，它的皮蛋世界第一！」翠翠也進去了，跟著大批觀光客領了號碼牌，坐在鋪著紅毯的樓梯上候座。她打開手機，滑著與黎振宇的訊息紀錄，這是比較早期、還沒打得那麼火熱時候的，話題先在飲食，而後才到男女。

由果倒因，黎振宇是順著翠翠的喜好量身打造話題的，聊到吃的，黎振宇先說自己很好養，什麼都吃，而翠翠說起自己喜歡港式飲茶，（當然，她指的是台北那些京星糖朝香港茶餐廳什麼的），黎才好像搖身一變，成為港式料理達人，哪家店他熟，哪家店必點什麼，是馬上開了一個搜尋頁面吧。

皮蛋，所有寫到鏞記的部落客都寫了。翠翠當時覺得他貼心，覺得他們好適合，可以一起做所有的事，她也要反過來，幫他做所有的事，包括房屋的頭期款。原來是這樣一點一滴滲透的，至於一起吃鏞記，是作夢吧。

號碼到翠翠了，她一人入座。點了皮蛋、燒鵝，覺得自己像個來悼念已故配偶的遺孀。好像他們曾經手挽著手來過許多次，而現在，是她一個人了。

後面三天，翠翠猛逛商場，自己從頭到腳的行頭都換了，還幫店裡的員工買，男生的潮T，阿姊阿嫂的圍裙絲襪等等，店裡的英式茶壺茶杯，光是床包枕套就占了一個行李箱，最後乾脆再買了一只29吋大皮箱。

她這趟鬼上身般的澳門之旅，只能在香港先緬懷不存在的舊情，再扎扎實實地痛快血拚一番，方能消災解厄。她經過地產仲介的時候，還停下來看了，但很快恢復理性打消念頭，一來是房價真的貴得坑爹，二來是，她聽見了心裡的聲音，她就算賣掉台灣一戶房子、或是死命貸款來買香港房子，主要目的，不是為了要擁有房子，而是，她要最後的勝利，她要告訴黎振宇，嘿，就算被你騙，就算你說的那些全是假話，我還是把它實現了哦！好似學瑜伽猛練倒立劈一字馬的人，最後是為了拍照上傳供人按讚。

幹嘛呢？就算買了，他看得到嗎？沒有意義了。

翠翠搬著大行李箱回到馬姊的家大安館，她自己的兩房公寓就在同一棟的不同樓層。回到家，有一袋從三芝館轉過來的信件，裡面有水電瓦斯轉帳收據、百貨公司週年慶DM，還有，一張明信片。沒貼郵票，沒有郵戳，寄件人的地址與電話倒是留了。那用水墨筆寫成的俊秀筆跡她認得，只留下一行字的風格，她也熟悉。

你的溫柔，我始終心存感激。　丁亞東

翻到正面，是日本「高野山根本大塔」的落成紀念老照片，沒錯，他的風格。原本是很典雅的，但方姊貼上了某候選人印製的便利貼，寫上：「阿丁來過了呦！」，如擾人的文件追蹤模式，讓這老派又復古的傳情方式顯得落漆。

阿丁來過了。翠翠知道，他與黎振宇一樣，都是個幻影，但至少，他是有血有肉真實存在的，現在又留了一個地址與一個新手機號碼，顯然是要她去找他。更重點是，他想念她的溫柔。

翠翠現學現用，打開手機地圖將明信片上的地址輸入，偵測顯示：開車七分鐘，那個位置在河邊，翠翠大概知道那一區的低矮老房子，是阿丁的風格沒錯。然而，是什麼讓他有一個固定落腳的居所、一個地址呢？

翠翠打了電話過去，兩聲就接起了。這時是下午三點鐘，阿丁也許還在睡，手機就放在旁邊。

翠翠說：「喂。」阿丁說：「嗯。」

翠翠：「我去找你。」

阿丁：「嗯。」

她喜歡和他之間的安靜少話，抓了車鑰匙，馬上殺過去。果然，是一排歪歪斜斜的老房子，小小的河邊聚落，與背後的高樓大廈，似是兩個世界。一樓的門牌旁還掛著某某里長的牌子，兼修水電，兼改衣服。一堆金屬綠色信箱中，有個古董木箱，上面掛了自己畫的門牌，看得出來是阿丁自己做的，看來他真的願意短暫地定居於此了。樓梯間沒有大門，是四十年以上的老房子，翠翠爬樓梯爬到了頂樓，阿丁住在五樓，頂樓加蓋。

頂樓小屋只占了平台的一半，另一半，是花木扶疏的庭園，日本的侘寂風格，石磨、白沙、雕過的松柏，翠翠嘆為觀止，一步一步踩著石板，往那格子窗拉門走去。

拉開，裡面是舊檜木料鋪成的地板，一邊是榻榻米，一邊是印度手工編織毯。阿丁在中間的炭爐上燒水，抬頭看了一下翠翠，說：「咖啡嗎？冰的？」

翠翠冒著大汗，拿出手帕擦著，點點頭。

阿丁從後面上掀式的老冰箱拿出凍過的冰璃杯，裝進冰塊，在上面放上玻璃錐形濾杯，開始手磨豆子。

翠翠環顧四周，「這邊原本應該很破，是你改的吧？」

「嗯，我從倉庫搬了一些東西過來，有些是新買的。」阿丁緩緩在咖啡粉上注入第一次水，香氣飄散出來了，咖啡液一滴一滴融著冰塊。

他們沒有一點舊情人復合或重新當朋友的氣氛，翠翠像是單純來喝咖啡的，像個來買古董的客人。

「你，為什麼想弄這樣一個地方？」

「因為我被騙了？」

「被騙？被誰騙？」翠翠不解。

「被我自己。」

「被你自己騙了，所以租了這個房子？」

「不，不是，我弄這房子的時候，還不知道我自己被我自己騙了，是後來才知道的。我就一直待在這邊療傷。」阿丁把冰咖啡遞給翠翠。

「被自己騙還要療傷？」翠翠接過咖啡，故作輕鬆。

阿丁自己幫自己沖了一杯熱的，裝在陶杯裡。他開始說他的故事：

「我離開你之後，不是說要去西藏嗎？結果我根本就沒有去到。我搭飛機到香港，然後換巴士到廣州，再從廣州搭火車到雲南，才第一站，就在昆明的青年旅館認識兩個日本女孩，我們三個人一路一起包車，一起分一間三人房。這兩個女的很有趣，一個長得像靜香，一個長得像胖虎。」

「嗯，我們那年代是叫宜靜和技安……不過，沒關係，我懂你這個比喻，你繼續。」翠翠要當一個溫柔的聆聽者。

「靜香叫作美穗，Miho，中山美穗的那個美穗，胖虎叫美智，Michi。美智雖然肥肥短短，一點都不漂亮，但也蠻安靜的，就一直跟在我和美穗後面。美穗的英文還不錯，我們就一直聊。她們是大學同學，都是日本某一個美術大學的，來當背包客，沿途寫生。你知道嗎？到了大理的時候，我覺得我已經愛上美穗了，我自己帶她去洱海划船，太陽曬在她臉上的時候，真是美呆了！她不只是靜香，根本就是蒼井優！後來我們又一起去香格里拉，那時候是二月底吧，超冷，在青年旅館，只剩下兩人房有位置，但我又想跟她們、老實說就是跟美穗睡一間啦，我就說，我可以打地舖！我把睡墊和睡袋鋪在那兩張單人床中間，晚上，胖虎美智一直打呼，我知道我跟美穗都沒睡著，我就爬上她的床，然後開始摸她。她也很大方，自己把衣服撩起來，還自己稍微挺身把手繞到背後去解開內衣的鉤子，雖然我們最後還是不敢做，但總之那是我最美妙的一個晚上。

「到早上起來，我們又裝沒事，還是三個人去喝酥油茶去騎馬，其實那時我應該要繼續往西藏走了，但是因為一直留在香格里拉，我又多住了好幾天，一直慫恿美穗跟我去西藏，她說不行，她不能拋棄美智。」

「後來呢，她們決定往回走，去北京、上海、香港，然後回日本。我跟美穗說，那你不要回日本，你來台灣！讓美智自己回去！她竟然說好！我樂死了，西藏也不去了，趕緊回台灣，找房子、租房子、搞佈置，我總不能讓美穗知道我是個到處住的流浪漢嘛！」

翠翠沒有一點感到吃醋，反倒覺得自己是阿丁的大姊或阿姨。「很好啊，為了愛改變，後來呢？她沒來？」

「我回台灣之後，她們繼續在路上，美穗只要到青年旅館可以上網了，就和我通Skype，也有視訊哦！她跟我報告他們旅程上好玩的事，我跟她說我在準備我們的愛的小窩。兩個禮拜之後，我大概都弄好了，你知道外面那些石板，都是我半夜一片一片搬的！她發給我航班號碼，我去桃園機場等她。結果，人一個一個走出來的時候，你猜發生了什麼事？」

「美智那個電燈泡也來了？」

「那倒還好！是比那個更恐怖的！只有胖虎來了，靜香沒來！」

「你被偷換貨的意思嗎？」

「比那個更糟，我看到美智出來之後，覺得有一點掃興，因為我以為來台灣就是我和美穗的兩人世界了，但我還是很熱絡地上前去招呼她，趕快問她：美穗呢？你們怎麼沒有一起？她行李出問題嗎？被海關刁難嗎？裝孝維！這個我在雲南根本沒看第二眼的胖妹，呆呆地跟我說：丁，你怎麼了？我就是美穗啊！」

翠翠開始覺得有點意思了，這是另一種詐騙吧。

「天啊，我根本青天霹靂！因為她叫丁的那個語調，就跟美穗叫我時一模一樣！但是我還是覺得美穗在整我，她應該是躲在廁所，要美智先出來惡作劇一下！所以我又在機場跟她耗了好久，耗到機場都快沒人了。我們就一直跳針：拜託你，趕快告訴我，美穗去哪了？丁！我就是美穗啊！拜託你，不要玩了！你是美智！美智是誰，沒有這個人啊！」

「有拍照片吧？拿出來看啊！」

「有！但是我回來以後把手機和相機的照片都輸進去硬碟了，手邊沒有！我把胖虎的手機搶過來看，裡面果然真的有好多我和她的合照，就是沒有美穗！我不想理她了，自己到旁邊去，用LINE傳訊息給美穗，離奇的是，這訊息就出現在胖虎的手機裡！我打語音通話給美穗，胖虎的手機就響了！我一直求她不要再玩了，她開始哭出來，拿護照給我看，上面真的寫著木村美穗，生日也是和美穗跟我說的一模一樣，只是照片是胖虎的高中嬰兒肥畢業照，根本是麵包超人！我根本就想把她帶去警察局報案！說這個日本胖妹有可能殺掉了她的朋友，然後冒充她的身分！胖虎哭著說，丁，如果你再這樣，我就去改機票，直接回日本了。我想不行！不能讓她跑掉！一定要逼她說出真相，就把她帶回這裡。」

「這裡？」翠翠指指地板。

「是的，這裡。我特別留了幾盞紙燈，想讓氣氛好一點，然後榻榻米上面只有一張雙人床墊，那是我為我和美穗準備的！胖虎美智應該也被我逼問得很累了，所以連一句稱讚我很有品味的話都沒說。我把床墊收起來，因為那還是要等我的美穗來才可以開床！隨便丟給她一個睡袋，叫她先睡，天亮了再說！我自己窩在地毯這邊睡。結果，我躺下以後，她過來，把衣服掀起來，把內衣脫了，跟我說：丁，你可以double check，我真的是美穗。」

翠翠聽得瞠目結舌。「你摸了嗎？」

「我才不想！對啦，是沒錯啦，那個揑揑的形狀是很好看，乳頭也是很pink的，但是它不應該是長在這個肥肥短短的身體上面、不該是長在這個胖嘟嘟的臉下面啊！我吼她！叫她別鬧了！趕快穿好衣服回去睡！結果，隔天早上我醒來……」

「她已經走了？」

「你怎麼知道？」

「電視都是這樣演的。」

「對，她走了，留下一張紙條：丁，我不知道你怎麼了，但是我會永遠記住你在雲南對我的溫柔。」

「所以她真的是美穗？只是她們換了身體？」

「如果可以這麼單純交換倒還好，問題是，好像在她的認知裡面，從頭到尾就沒有另一個叫美智的女孩存在。」

「照片呢？」

「對，她走掉之後，我覺得真是省了一個麻煩，可是我的美穗呢？人間蒸發了嗎？我趕快拿硬碟出來看，結果，那幾個資料夾，全部不見了。」

「這太邪門了吧！」

「對！我馬上想到，一定是胖虎離開前偷動我的電腦！所以我又去查電腦記錄下來的動作，結果紀錄顯示，我根本從去年八月以後，就沒再動過這硬碟。」

翠翠等著什麼。

「我開始懷疑是不是我有妄想症還是人格分裂什麼鬼的，所以我打電話去雲南所有我們住過的青年旅館，說我找不到我的朋友，結果，每一家，紀錄都是，和我一起入住的，只有一個叫木村美穗的胖女孩，沒有第三個人。」

「所以，美穗，是你幻想出來的？」

「我加了青年旅館那些人的微信，然後很快把我記憶中的美穗樣子畫下來，拍照傳給他們看，問他們有沒有見過這個日本來的女孩?!結果他們都回：有。」

「真的有?!」

丁丁露出了死魚眼：「有，他們說：小老弟，你傳個蒼井優的畫像幹嘛呢？」

丁丁拿出素描本給翠翠看。的確，是蒼井優。翠翠本來想問他，那你覺得我像劉瑞琪嗎?算了，煞風景，而且徒增代溝罷了。

「還沒完。我上他們學校的網頁，上面有學生照片和作品連結，結果木村美穗真的是那個胖妹，他們班上沒有任何一個叫美智的人。就在我拚命上網比對的時候，看到一則網路新聞，台北捷運有人在列車進站時跳下月台，是一個來自助旅行的日本女性背包客。」

「啊！」翠翠摀住了嘴。

「木村美穗。當場死亡。」

「天啊……」

「新聞上的死者大頭照，就是她護照上那張麵包超人。所以我的妄想症，害死了一個無辜的人。我被我自己騙了。我本來很怕警察會不會去調所有監視器，看這個胖妹美穗在自殺之前的所有行蹤，然後我可能會被列為可疑人士，間接殺人等等，所以我每天都在家裡等警察，但是沒有警察來，那則新聞也沒有後續，連什麼她爸爸媽媽來帶回遺體什麼的，都沒有。我去看精神科，醫生說我一切正常，所以我還是不知道到底發生什麼事。一直到最近，讀了一堆書之後，我好像有點懂了。」

「是什麼？」

「二元論。」

太深了，翠翠懷疑自己願不願聞其詳。

「就是美與醜、胖與瘦、貧與富、喜歡不喜歡……等等對立的一堆東西，其實我們應該把它視為一體。那個蒼井優還是靜香的幻覺，也許就是老天爺來考驗我的。」

翠翠的冰咖啡早就喝完了，阿丁重新煮了水，泡了茶。

「但是只有一件事，也許可以分辨她們到底哪一個是真，哪一個是假，我那時候應該問胖美穗的。」

「是什麼？」

阿丁開了和室桌上的電腦，選了一首歌，播放。他點亮了幾盞紙燈，點了榻榻米房間的燭火，然後，搬出那張被他收了幾個月的雙人床墊，鋪好。

吉他悠緩的前奏結束了，歌手開始唱：

你分開了雙腿　在看著我
我看見了世界上最美麗的花朵
你分開了雙腿　纏繞著我
我感覺到了你的呼吸是那麼脆弱

我的生命一直沒有意義　直到我遇見了你
我要把我全部的生命都留在你身體裡
你用含過別人雞巴的嘴說愛我
我用舔過別人咪咪的嘴說要跟你結婚
明天我們一起去死　一起忘掉發生的事
我就會一點一點忘記你含著別人雞巴的樣子
你用含過別人雞巴的嘴親吻我
我用舔過別人咪咪的嘴給你唱歌
明天我們一起去死　一起忘掉發生的事
讓我們做愛　一直到天亮

放完了一次，阿丁說：「這首歌叫〈咬之歌〉，大陸一個很屌的歌手寫的，自彈自唱。你喜歡嗎？」

阿丁很少問翠翠的藝術評鑑，翠翠有點緊張，「嗯，歌詞雖然很赤裸，但是，曲調很悲傷，也很……很深情。」

「那天晚上在香格里拉，我和美穗摸來摸去，最後決定不繼續做之後，我還是他媽的很想把一個東西塞進她身體的一個洞裡！就……把一邊的耳機塞到她耳朵，我們一直重複聽這首歌，一直到天亮。當初胖美穗來台北的時候，我應該問她知不知道這首歌，如果她不知道，那就代表，我的蒼井優美穗，還是真的存在的。」

阿丁癡情地說完，拉起翠翠的手，兩人到榻榻米上，寬衣解帶，翠翠終於幫阿丁開了床。她知道阿丁想藉著一個阿姨的身體來忘掉或肥或瘦的日本女孩，來突破他媽的他自以為的二元論。但她別無選擇，因為她也想要滿足一下自己的妄想，當阿丁衝刺射精時喊著Miho，oh，Miho，翠翠也不遑多讓，喊著：振宇，寶貝，振宇。

這種自己被自己大腦騙的經驗，翠翠當然理解。你的認知與喜惡，有可能在一瞬之間，像插頭被拔掉，或像電腦被重灌一樣，重新來過，你恍然大悟：那我之前是在幹嘛？

好比這次見完阿丁，翠翠突然對他沒感覺了，不知道自己之前在魂牽夢縈什麼。阿丁不再飄泊不定，已有落腳的地方，很好找，也很近，就在她家三公里外，智慧導航顯示開車七分鐘可達的地方，但她反而再也不想去找他。

翠翠又回到之前，還沒遇到丁亞東，還沒被黎振宇騙的日子了。這種平淡而忙碌的日子裡，每月大約一次，幸福人夫，她的初戀男友小錢，會約她上汽車旅館一次。她大概三個月才會答應一次，最近一年，因為以為自己的春天來了，一律拒絕。然而，澳門荒唐之旅、香港救贖之旅結束，也見完阿丁，她突然覺得，又可以回到那不沾不黏的情婦位置了。

他們早有藕斷絲連的前科，所以當小錢厭煩了日復一日的婚姻，想要到外面透透氣的時候，自然找上始終單身且身體已有默契的馬翠翠。

他們一如往常，小錢開租來的車去接她，去休息三小時，然後小錢送她到某個商場，她自己購物後回家。這次見面，辦完事，從汽車旅館出來，她坐在小錢車上，兩人照往例聊著房市行情、投資報酬率，車子在紅燈前停下，一批行人走過斑馬線，翠翠看見了某個身影，被震懾住了。

不，不是黎振宇，不是被黎振宇盜圖的那個高富帥，不是丁亞東，不是老白花枝，而是，她自己。馬翠翠自己走過了斑馬線，被坐在情夫車裡的她看著。只有她看得見。她想到香港電梯裡的妓女Vicky和Emily，她們投射在電梯門上的身姿，想到阿丁的美穗和美智。突然，一個LINE的訊息聲把她拉回來，鎖定的螢幕上閃著一則通知：

黎振宇傳來：「我在騙你，但我真的愛你。」

陳亮穎與仲玲 通信2

寄件人：陳亮穎
收件人：仲 玲
主旨：關於〈馬姊的家〉

仲老師，您好：

傳上第四章，第二章與第三章不知您讀了之後，有什麼意見嗎？一直沒收到您的回信，且截稿時間有點壓力，所以我就一直繼續往下寫了。有什麼問題，請您隨時告知我哦。

期待您的回信，謝謝！

亮穎 敬上

附加檔案：

〈馬姊未完的春天〉.doc

寄件人：仲　玲

收件人：陳亮穎

主旨：Re：關於〈馬姊的家〉

亮亮：感謝你的付出，但是，很抱歉，我必須說，這不是我要的。你恐怕無法繼續擔任這個職務。

高原會跟你約時間詳談。

仲玲

從我的iPhone傳送

2. 陳亮亮與高原

喀。

靜默，些許衣物摩擦聲，陳亮亮的深呼吸。

拉門的滑軌聲，細微的腳步聲，一步、兩步、三步，陶瓷輕放在桌上，斟茶的水聲。

「請您稍等一下，高原先生馬上出來。」外傭的東南亞口音。

陳亮亮小口輕啜紅茶，深呼吸，再深呼吸。

杯盤刀叉碰撞聲，陳亮亮咬了一口硬脆的餅乾，咀嚼。

拉門的滑軌聲。

陳亮亮緊張起身，衣物摩擦聲。

「坐！不要客氣。」是高原了。

一疊文件放在桌上。斟茶的水聲。

「你需要咖啡嗎？還是，酒？會不會讓你比較放鬆一點？」高原說完爽朗大笑兩聲。

「不……不用了。」陳亮亮乾笑兩聲。

杯子放回桌上。

「你不要擔心，我們等一下會開始討論你真正擔心的事。嗯……這樣吧，你喜歡做心理測驗嗎？」

「嗯，網路上的，有時候無聊會做一下。」

「好，很好！現在請你想像一個幾何圖形。」

「已經開始了？」

「對，方的圓的扁的多角形都可以，平面立體不拘。」

「嗯，我想的是一個藍色的長方形。」

「什麼材質？」

「是一張紙。一張很有質感的美術紙，像是自己染的，顏色是深藍色，像藍染布那樣的藍，顏色非常均勻飽滿。」

「它在哪裡？」

「在我住的地方的白牆上。四周沒有貼東西，只有那一長條藍色的紙。」

「多大？」

「大概一公尺長，五十公分寬。」

「很好，你看到它會有什麼感覺？」

「很平靜，很安心。」

「你會想要在上面或旁邊做一些變化嗎？」

「不要。就讓它是那樣，它很單調很平凡，但是反正也沒有其他人會看見，我自己喜歡它就好了。」

「那假設你的朋友或家人來了，看到這張紙，你會期待他們說些什麼？」

「什麼都不要說。好像沒看見，最好。」

「如果是你最親密的人呢？……我記得……你有男朋友的，對吧？」

「嗯，一樣。什麼都不要說。」

「好，第二題。請你想像一把梯子，一樣，任何材質樣式大小都可以。」

「是一把檜木的古董梯子，放在我住的地方，靠在牆邊。」

「上面擺了什麼？」

「沒有特別去佈置它，它是我生活的一部分，不是裝飾品。有時候隨手放一疊書，或一個小盆栽。讓它看起來是賞心悅目的，而且融合在我的生活中。」

「如果搬到了一個更大更豪華的房子，你會把它丟掉嗎？」

「不會，我會帶著它。不管搬到哪裡，我都會讓它看起來很融入那個空間。」

「很好，第三題，也是最後一題了，請想像一匹馬。」

「一匹棕色的馬，中等身材。」

「牠是你的嗎？」

「不是。」

「那牠在哪裡？」

「在樹林裡，滿地都是黃色落葉的樹林裡，牠不知道為什麼自己跑來了。」

「那你呢？你在哪？」

「我坐在一棵樹下看書，和牠遠遠對望，彼此很友善，像是互相陪伴對方一段時間。」

「你想帶牠回家嗎？」

「不想。就算牠走掉了，我也不會覺得難過。」

「那如果是你該先走呢？」

「那就對牠笑一笑，揮揮手說再見。」

高原深呼吸。

「結束了？」亮亮問。

「是啊，你要對我笑一笑，揮揮手說再見了嗎？」

亮亮沒回話。

「別擔心，你放輕鬆一點！我知道我們還有正事要辦。你是聰明人，我不幫你分析，只跟你說答案。好嗎？」

「嗯。」

「第一個問題，那張質感很好、別人最好什麼都別說的紙，代表著你自己，你心目中的自己。第二個問題，那把融入在你生活裡的梯子，代表的是工作。第三個問題，那匹馬，是愛情。」

「所以，為什麼問我這個？」

「我有兩個目的，第一個目的是，看看你和仲玲有幾分相似？結果，你猜呢？」

「我猜不出來。」

「你們對梯子的回答，竟然幾乎一模一樣。我看過統計，很多在家寫作的人，心中的那把梯子，都是放在家裡，都是生活的一部分。只是，你和仲玲都是檜木古董梯。」

「嗯，我小時候在我外婆的鹿港娘家看過，就是用來連結老宅院一樓跟二樓的那種木梯子，很窄很陡……那，我可以冒昧問你的是什麼嗎？」

「我？我不準，因為我在看問題的時候就看到謎底了，沒有時間去自由聯想……我第二個目的是，我想了解你怎麼看待愛情，現在，我知道答案了，我很好奇，你把愛情看得這麼淡泊，之前怎麼可能幫仲玲寫出那麼濃烈的愛情故事？」

「仲玲老師已經寫好大綱了，我只是照著走而已。而且，那是……」

「是工作？對不對？你可以把工作跟自己原本的性格好惡完全分開，perfect！很好！只是，到這一次，我覺得有點不一樣……」

「是仲玲老師覺得我感情放得不夠嗎？我可以再加多一點……」

「姑娘，你真的把寫小說當作賣鹹酥雞啊？還可以加辣加蒜九層塔多一點？」

「九層塔最近很貴，可能加不了。」

陳亮亮第一次放鬆失笑。

高原也笑了。

斟茶聲。陳亮亮喝茶聲，這次顯得俏皮輕盈。

「你覺得，仲玲是誰？」

「嘎?!」陳亮亮有點大聲地放下杯子，顯然受驚。

「你沒有見過她呀，不是嗎？那麼，你怎麼證實她的存在呢？你不覺得你和她的關係，就像馬翠翠跟黎振宇嗎？一個在明，一個在暗。哦，你不會感到害怕，因為我付你錢，不，是她付你錢。」

「我不覺得她是在暗處的，至少她的名字她的書都是光明磊落地擺出來的。我覺得她，只是比較害羞，不喜歡見人，應該是個優雅的女性，年紀跟您差不多。我相信她也許就像書封摺口的作者簡介寫的，旅居歐洲，低調過生活。她可能已經為人妻為人母，平常忙著照顧家人，所以需要一個寫手幫她忙。」

「嗯，聽起來很合理，但是一點都不有趣。」

「我以為小說家的人生不一定要有趣。」

「村上春樹那種嗎？也許。但玲子不是，你知道嗎？我覺得她錯在晚生了四十年，她如果在馮內果的時代，她應該會自願被送去當戰俘，她是這種作家。」

陳亮亮偷笑。

「怎麼了嗎？」

「不好意思，您剛剛好像不小心透露仲玲老師的年紀了。」

「我不在乎，我想她也不會在乎。仲玲，1960年生，跟我同年。怎麼樣，我猜你要說我看起來不像五十幾歲？謝謝，我心領了。」

陳亮亮又噗哧一聲。

「好，姑娘，你別笑得那麼輕蔑，我知道我很自戀，或者你要說，gay都是這麼自戀。但是你知道嗎？玲子就是最喜歡我的自戀，不然我們不會在一起這麼久。」

陳亮亮「啊」了一聲。

「怎麼了？你的表情看起來充滿疑問，沒關係，你想說什麼、想問什麼，就說吧！」

「嗯……是這樣的，我知道很八卦，但是……這也是我從別人那邊聽來的，就是……有人說您與仲玲老師曾經是夫妻，後來因為您婚後出櫃，才不得不離婚，但是您於心有愧，所以一直擔任她的經紀人兼助理……是這樣嗎？」

高原爽朗大笑。

「你知道嗎?當我們在人背後議論著、捕風捉影著，其實是一種逃避心態，因為不想去知道真相到底是什麼，因為知道真相之後就不有趣了。」

「不會，我想知道，我不想猜。」

「好，很好，我之後會告訴你……」

「你在逃避嘛！」亮亮笑著說，不知不覺已放掉敬稱。

「沒有，我沒有。但是我們的第一個問題還沒解決完呢！你還沒回答完：仲玲是誰？」

「你的前妻！」亮亮狡黠說著。

「你沒有想過更爆炸一點的嗎?例如說，其實我就是仲玲。因為沒有人見過她，你也不知道我進去那個拉門後變成什麼樣子，也許我就坐在電腦前面，用名為仲玲的電子郵件，開始跟你討論稿子?然後每一本書的收入，其實都全部進到了我的口袋，我拿著那些錢去舊金山養個白嫩的小狼狗，順便買一棟洋房，錢花得差不多了，也覺得膩了，又回到台灣，變成一個異性戀中年婦女神秘作家的經紀人，和你在這邊喝下午茶，然後你又繼續幫我工作。聽起來，是個不錯的生意？不是嗎？」

「聽起來是詐騙集團。」

「嗯，恭喜你，你已經幫本集團工作三年，可以晉升詐騙高手了。」

兩人都笑了。

「為什麼仲玲老師不喜歡我寫的這三章？」陳亮亮抓住timing。

高原頓了一下。

「很好，這是你今天來最想問的問題，對吧？哦，不，我猜，還有另一個問題，你可以拿到其他的稿費嗎？對不對？」

「嗯。」

「這樣吧，我們先從簡單的開始，好嗎？」

高原從牛皮信封裡抽出一張薄薄的紙。是支票。

「跟之前一樣，你在這邊簽收一下就可以了。」

「這個金額……」

「沒錯，是整本書完成的費用。不必懷疑，不會跳票。」

「為什麼?」

「為什麼?我也不知道,我現在的心得是,也許人一生中所獲得的,都是神賜予的,把這些錢財富貴或幸福,交到你手上的人,只是一個管道,一個幫神送快遞的。」

「嗯……謝謝您……」再次回到敬稱。

「好吧,你現在可以回家,和男朋友好好吃一頓大餐,忘掉邪門的仲玲和高原,好好重新找一份工作,好好過生活。」

「嘎……就……就這樣嗎?我……我承認我來之前有點擔心做白工、領不到錢,因為業界有太多惡劣的案例……但是,不管有沒有拿到錢,我更想知道,仲玲老師、或是您,怎麼看這三章小說?」

陳亮亮說得急切。

「好,先不管仲玲,我先說我的意見,我只有一個小問題,你最後那一句,是怎麼想出來的?」

「哪……哪一句?」

「我在騙你,但我真的愛你。」

「哦……嗯……」

陳亮亮似乎從沒想過會被問到這類問題，她努力思考著。

「啊！我知道了！怎麼寫出來的，我也不知道……也許寫字的人一生中能寫出來東西，都是神賜予的！我只是一個管道，一個幫神打字的！」

高原龍心大悅，狂笑不止。

「很好，good girl！你得分了！」

陳亮亮羞怯地笑。

「那麼，姑娘……」高原語氣突然變得嚴肅平板。

「你可以把錄音筆關掉了嗎？」

陳亮亮深深地倒抽一口氣，聲音顫抖。

「對……對不起……好，我馬上關。」

錄音筆從口袋拿出來的聲音。

喀。

下部

Lila

3. 亮亮與基基

「就這樣？」張寶基聽完錄音，重重往柔軟潔白的羽絨被上一躺，把多毛的小腿跨到我身上。

「嗯。」我沒看他，點點頭。

「那這大叔真的很有事耶！如果要給你錢，不是把支票掛號寄過來就好了嗎？還搞什麼神秘談判！齁～如果他不是gay的話，我覺得他根本是想把你！中間有幾句對話，我聽起來都覺得下面硬硬的了。」

「你少無聊，不要以為每個人都跟你一樣。」

張寶基起身，走進浴室，開始放水。我們在一個說不上高級，但也不至於陽春的溫泉旅館裡。優點只有床很好躺，床單被單很乾淨，但許多地方是落漆的，例如，免洗紙杯與三合一即溶咖啡包，與床頭那個不知道什麼雜牌的保險套。

如果高原問我的問題，不是關於最後一句，而是最後一句之前的那一葩：為什麼，讓馬翠翠變成一個婊子？一個前男友的情婦？我想我會招：因為我就是這樣。

與一個木訥寡言的美髮師同居，過著平淡的生活，這樣的生活也許對我而言真的太無聊了。黎振宇非常好，溫柔體貼，就算自己一定會在戲院裡睡著，也會陪著我去看影展片。他工作時間長，所以不會亂來，但，就曾經那麼一次，我去找他剪頭髮的時候，撞見了他和建教合作洗頭小妹的調情。

那時我躺在洗頭躺椅上，幾乎是個不能動的植物人的狀態，鼻子下方與眼睛上敷著熱毛巾，頭皮裹著名為葉綠素的放鬆涼涼膏，我快睡著了，但突然，我的聽覺變得好敏銳，我聽見在那一牆之隔的員工休息室裡，有人在濕吻。雖只是短短一下，甚至不到一秒，但那口水和著口水的聲音，濃稠澎湃。

黎振宇回到我的頭的上方，準備幫我解開毛巾沖水的時候，嘴巴裡嚼著什麼。我把疲憊的眼睛睜得奇大，問他：「你在吃什麼？」

「珍珠啊。」他說。

「餵我！」我嘟著嘴，任性大聲說著。

周圍的美髮師和客人都聽見了，有人尷尬，有人不識相地歡呼。黎振宇猶豫了一下，真的彎下腰來，把嘴巴裡嚼過的珍珠，嘴對嘴，餵進我的嘴巴裡。我知道，他會聽我的話。這時大家真的歡呼了，「齁！好閃哦！」「你們在拍電影喔！」不外乎這些。

沒錯，珍珠有一種幼稚的水果唇蜜味兒。我像一具活屍般倏地坐立起來，不管頭髮濕淋淋，直瞪著站在角落的未成年小妹妹。頭髮染壞也燙壞了，乾燥枯黃，廉價劣質白襯衫奇緊，包著豐滿的胸部，格子短裙只包住內褲。她怯怯地，緩慢嚼動嘴巴裡的珍珠，眼神因心虛而飄忽。

那天回家，黎振宇向我解釋，他真的只是因為好玩，玩一下而已，不會再犯。我相信他不會，但是從那之後，我開始不定期和張寶基碰面，大多時候僅是開房休息，有時候還騙黎振宇我去曾阿姨家過夜，其實是和張寶基共度一宵。沒錯，我愛他，但我在騙他。

我不是因為嫉妒而報復，而是，我突然覺得自己在美容院的行為，好像大人還在跟幼稚園小孩搶玩具，所以，我想去玩一些大人的遊戲。

張寶基，我雖然一點都不喜歡他，但他的確有一些地方很會。不只是在床上，而是例如兩人一起泡澡，一人各捧一本詩集，唸給對方聽。或是，幫我洗頭。不是像黎振宇那種專業的，而僅僅是我在旅館浴室蹲下，他拿水瓢幫我沖水。他曾說過他嫉妒黎振宇，我說你神經。我知道他是隨便說說，雖然他說他說的當下都是真心，但他的真心就只有在說出口的那一秒存在而已，過了那一秒就不能當真。

或許吧，正因為與他什麼都不能當真，所以怎麼玩都可以。

我上上週收到仲玲的email之後，心情壞得很，第一次，自己主動約他。因為這些事情，黎振宇是不會理解的。張寶基要我與高原見面時偷偷錄音，日後有糾紛時，可以當作證據。

「進來啊！」張寶基在浴室裡喊。

我走進瀰漫的熱氣之中，坐進水裡。張寶基手上拿著兩張紙，讀著，我才知道是我和高原的合作終止切結書。

「這上面說，你之前寫的那些都保證絕對不會使用與出版，但是你也不准以個人名義發表，這不是有點裝孝維嗎？那這些東西要去哪裡？」

「可能是，還給神吧。」

「嚇！少在那兒裝神弄鬼！看我怎麼收服你！」

他把兩張紙放回透明L夾，站起身把文件夾放到上層的置物架，以保不會弄濕。好吧，他至少有一點是我喜歡的，他會善待紙。儘管在精蟲衝腦之際。

他抓過我，從背後進入，在浴池裡。

結束後，他先出去，我淋浴。待我出到房間時，他趴在床上，一絲不掛，滑著電腦。

張寶基獻寶似的，要我過去看他電腦上的頁面。

那是一個交友網站。這個個人頁面的主人，暱稱叫作「亮亮」。ＩＤ則是linglinglovesyou。我對這個頁面不驚訝，但我對於張寶基竟然能夠找出來，太驚訝了！因此，加總起來，我要演出驚訝的表情並不困難。

「天啊！這是什麼?!只是一個跟我一樣名字的人嗎？」

「我告訴你！不只這樣！這還是仲玲註冊的！因為這個人上一次上線

的位址，就跟她發信件給你的位址一樣！」

我不知道一個中文所一直沒唸畢業的博士生，竟然在網路破解肉搜上這麼有才。我只看得到「從我的iphone發送」。

「你不覺得很過分嗎？找你當影子寫手，還用你的名字當上網交友的暱稱！」

「我不覺得啊。世界上叫作亮亮的人可能有一萬個，而且，我叫陳亮穎。」我聳聳肩，「更何況，又不是用我的照片。」

我們一起看著那幾張大頭照與生活照，是一個高瘦但凹凸有致的清秀女孩。鵝蛋臉，雙眼皮，事實上，就跟所有保養品平面燈箱上的韓國女星長得很像，沒什麼辨識度。那照片上的人當然不是仲玲，也不是我。

「我猜這是她之前為了寫大綱上去註冊的，應該也沒在玩，這邊，她設定為隱私。」張寶基的滑鼠點著一個鎖頭，「所以她有多少個朋友也看不到。」

「她上一次上線是兩個月前耶，我猜這個帳號已經死了。」

「死了?!」

「就是說她不會再用了啦。可能玩一玩覺得不好玩，或不會玩，或是反正小說計畫終止了，也就沒必要再臥底了！但我覺得你寫得也沒有不好啊！你難道不好奇，這歐巴桑到底在想什麼？」

是的，我非常非常好奇。好奇到我想把她的腦剖開來看看裡面到底有什麼。

但是，一切都太遲了。

4. 亮亮與仲玲

這是關掉錄音筆之後發生的事。高原大叔仍死纏著「仲玲是誰」這個問題不放。他不知道是想刺激我的想像力，還是他隱隱有直覺，我會說出正確的答案。我連仲玲是他雙胞胎姊姊同父異母姊姊這種荒誕不倫的韓劇情節都猜了，仍是錯的，他要我，再想！

直到天黑，他打內線電話請外傭送進來披薩，我豪邁撒著辣椒粉時，忍不住說了：「嘿！你讓我見她，不就好了嗎?!」

「賓果！」高原說。

原來這是他要的答案。

我也好奇，為什麼耗費時間和腦力猜那麼久，編那麼多故事，我竟都沒想到這個最簡單的答案。下次再有問題得不到答案時，也許應該叫一個披薩。

「那你為什麼不早跟我說！」我大口咬著披薩。

「你想見她，應該由你自己說出來。」高原將披薩店附送的紙巾丟到垃圾桶，自己從抽屜拿出了質感細緻的厚紙巾，遞給我。

「吃飽了，我們就上去吧。她就在樓上。」他拿出另一份文件，我現在捉摸得到這位文件控大叔的行事風格了，上面條列的東西，我毫不意外。

保密條款：不准將今天會面內容，包括仲玲的狀況，洩露給任何人。

我開始期待了，速速吃完披薩。

拉門的後面，是一條走廊，高原向我導覽，一邊是廚房，一邊是傭人房。走廊盡頭是一座私人電梯。我們上到頂樓。

電梯門一開，便是一間舒適的起居室，沙發望過去，有兩扇門。「左邊是我房間，右邊是仲玲的。」右邊的房門開了，一個看護模樣的中年婦女走出來。

「宋小姐，沒關係，你先休息，我們來就好。」

婦女點頭後，進到起居室另一側的隔屏內。

「宋小姐自己在那邊有一間套房，裡面有電視，有冰箱，因為我知道這是長期抗戰，我也要讓照護者感到舒服。」

我喉嚨有一塊東西，很滿，很卡。我好像知道在仲玲的房間內，會看到什麼。

「你準備好了嗎？」高原問。

我點點頭。

我跟在他後面走進房間。

我先聞到尤加利或茶樹的精油香氣，然後，我看到仲玲了。我原以為，頂多就是癌症吧，我會看到一個光頭作家，她會強作精神地跟我說嗨，我會告訴她：老師，加油呦！然後陽光就會正好灑進房間，就像所有勵志小說與電影一樣。

但我現在看到現實了。

現實唯一贏了想像的，是，她還有頭髮，薄薄一層。

她理著平頭，乾淨素白，鼻子拉出一條管子，與點滴相連。手腕與腳踝被魔鬼氈固定在床沿，薄被下是一襲純棉白色洋裝，綁帶在背後，應該是為了看護擦拭身體和換尿布。

眼睛張得大大的，卻全然無神。整具身體像被框在一個厚實的玻璃罩裡。

「玲玲，這是亮亮。她來看你了。」高原溫柔地說，幫仲玲解開手腕上的綁帶，雙手抓著仲玲的一隻手。仲玲的脖子往高原的方向垂了過來，只是無意識的重力，一下又垂到另一邊去了。

高原看出我的震懾與恐懼，說：「跟她打個招呼，我們就出去。好嗎？」

我點點頭，卻說不出話，不知為何，淚水直掉。我鼓起勇氣，學高原抓住她的另一隻手，軟綿綿的，但很溫暖。

「醫生說，她對聲音還有反應，你可以試著跟她說說話。」

我嘗試開口，卻發不出聲音，試了幾次之後，搖搖頭。高原理解。

「玲玲，我等一下再來看你。你先休息哦。」

高原仔細地幫她把手綁好，在她額頭輕吻一下。我們退出房間。

5. 亮亮與明偉

仲玲，本名仲玲子。玲子，其實是她母親的名字。母親是日本人，在生她時難產過世，父親為了延續妻子還在身邊的感覺，把她取名為玲子。她小時候曾在日本的外婆家住過，後來又跟父親及繼母返台，因為國語說得不好，又沒有媽媽，自然變得封閉。直到上高中時，遇見高原，她很早就知道高原是男同志，他們一直保持著家人的關係。仲玲喜歡寫作，希望當一個不需要拋頭露面的作家，高原幫她達成。

這幾年，他們開始思考，有沒有可能讓仲玲成為一個不朽的品牌呢？也就是說，不管時間隔了多久，世世代代的讀者，都會看得到仲玲的新書，這不是很讓人興奮的事嗎？因此，她每天勤奮寫著長篇小說的大綱，找到適合的寫手完成。目前出版的計畫，已經排到2050年。

去年，他們一起想出了網路愛情詐騙的題材，仲玲上網註冊，本想要臥底，瞭解一下這些人在幹嘛就好，但好像真的愛上了一個詐騙分子。不，應該是說，這個騙子愛上了她，她寄錢過去，騙子不是應該見好就收嗎？沒有，他們仍繼續聯絡，詳細的情況，高原也不清楚，因為仲玲開始刪掉對話紀錄。

一直到兩個月前，仲玲在家頭痛到昏倒，送到醫院才知道是腦血管瘤爆裂，救回來了，變成現在這個樣子，簡單說，植物人。處理好居家安置等事宜，高原在郵政信箱收到了一個廈門寄來的包裹，是一個方盒子。裡面裝著一塊白色木頭，高原不懂什麼意思。他用仲玲的ＩＤ登入交友網站，才知道答案。

這包裹的寄件人叫程明偉。地址是廈門市思明區思明南路422號。一查，他媽的是廈門大學。根本只是假地址。

高原說他不跟我說太多，只把事實用大綱講述的方式讓我知道，其他的，我要自己去找去問，需要什麼都可以再問他。

他把三份資料交給我，皆對摺釘死，要我真的下定決心，才打開來看。他給我的任務是：找出這個程明偉。就算找不出來，也要想辦法知道他到底在想什麼，還有，仲玲出事之前，在想什麼？

第一份資料最厚，高原說，是仲玲唯一留存的對話紀錄，從內容判斷，應該是他們互相動心的開始。

我回到家後，幾乎沒有猶豫，把兩邊釘死的訂書針一個一個拆開。

亮亮與明偉的對話

亮亮：現在，請想像一個方塊。任何形狀、材質、大小都可以。
亮亮：想好了嗎？
亮亮：很直覺的，不要想太久。
明偉：想好了，然後呢？
亮亮：請告訴我，那個方塊長什麼樣子？
明偉：因為你跟我說的是方塊，所以我想的是個四方形。
亮亮：是什麼樣子的四方形？腦海浮現什麼，就說什麼。
明偉：就一個四四方方的四方形
亮亮：是什麼顏色的？
明偉：白色。
亮亮：是扁平的嗎？還是立體的？
明偉：立體的。
亮亮：大約多大？

明偉：立體白色四方形，長寬高都應該在十公分左右。
亮亮：是什麼材質呢？
明偉：木頭。
亮亮：很好，那你把它拿來做什麼？
明偉：這個還沒想欸。
亮亮：很直覺地回答就可以，它在哪裡？
明偉：在海上。
亮亮：那，你看著它嗎？
明偉：對。
亮亮：你站在船上，或在沙灘上看著它嗎？還是你也在海上？
明偉：我也在海上。
亮亮：它沒有沉下去，是嗎？
明偉：嗯，我和它一起漂浮在海上。
亮亮：那你看著它的時候，有什麼感覺？
明偉：感覺很熟悉。

亮亮：那你離它多遠？
明偉：大約兩三公尺，不是太遠。
亮亮：你用力伸手、或游幾步就摸得到？
明偉：摸不到。
亮亮：那你覺得它要飄去哪裡？
明偉：我也不知道，感覺就像是順著風浪在飄。
亮亮：那你會一直在它旁邊，看著它嗎？
明偉：我會追著它。
亮亮：嗯，你打算追上它，把它撿起來嗎？
明偉：不，因為我追不到。我持續追，但就是搆不到它。
亮亮：嗯，那你覺得它是從哪裡飄來的？
明偉：不知道從哪裡來的，好像就是突然出現在我面前。
亮亮：那你追著它，是因為喜歡它？
明偉：它就像是最好的朋友一樣，有種說不出的感覺。
亮亮：很好，它是白色的，很乾淨嗎？

明偉：嗯，就算在海上漂流了很久，還是一點髒污痕跡都沒有。

亮亮：好。我們要進入第二題了，現在，請想像一把梯子。一樣，形狀、大小、材質、樣式、位置不拘，想好，就請告訴我。

明偉：是一把不鏽鋼梯，人字形地站立在我家客廳。

亮亮：它多高呢？

明偉：我喜歡數字6，所以我很自然的就想到了六層的梯子，一層20公分，所以差不多在120公分左右。

亮亮：它是你家中的工具嗎？還是擺飾？

明偉：工具。

亮亮：所以你踩在上面，換燈泡什麼，是嗎？

明偉：嗯。

亮亮：你用了多久了呢？

明偉：有六、七年了吧。

亮亮：你覺得它是堅固耐用的？

明偉：應該吧，就像所有的工具一樣，我沒有太在乎它。

亮亮：它現在放在客廳，但不用的時候，會收到哪裡呢？

明偉：儲藏室。不要看到它最好。

亮亮：好。最後一個問題了，請想像一匹馬。任何大小、樣子、位置、情境都可以，想好就請告訴我。

明偉：我想到一匹棕色成年馬，馳騁在草地上。

亮亮：牠自己在草地上嗎？還是你騎著牠？

明偉：牠自己，我就站在遠處看著。

亮亮：牠是你的馬嗎？

明偉：當然。我從小就很想養馬。

亮亮：牠跑累了，會回來嗎？

明偉：會，會回到我身邊。

亮亮：回到你身邊時，是很柔順的嗎？

明偉：嗯。

亮亮：你會怎麼對待牠？

明偉：像親人一樣。

亮亮：牠跟你住一起嗎？

明偉：住在我房子旁的馬廄。

亮亮：你很愛牠？

明偉：很愛。

亮亮：那牠對你呢？

明偉：牠對我應該是順從多過於愛。

亮亮：所以牠在外面是駿挺的好馬，但回到家會很聽你的話？

明偉：是的。

亮亮：你會放牠出去自由跑？

明偉：不會放牠出去，但我會盡量給牠一個足夠大的空間，讓牠自由跑。

亮亮：所以，草原也是你的？不是野地？

明偉：是的。

亮亮：也就是說，那片草原，是有柵欄的，是吧？

明偉：是的。

亮亮：你會跟牠說話嗎？

明偉：會，我想讓牠也能瞭解我。

亮亮：第一個問題。代表的是，你心中的你自己。你在自己心中，是一個四四方方、很乾淨的白色木頭立方體。它飄在海上，你看到它，覺得很熟悉，你一直追著它，但是追不到。

明偉：嗯，有點準。

亮亮：第二個問題，代表的是，工作。你的工作對你而言，是個堅固耐用的不鏽鋼梯子，六層，120公分高。是個很好用的工具，已經用了六、七年，你不用時可以收起來。

亮亮：第三個問題，那匹乖巧的馬，是你的感情。牠屬於你，你愛牠，照顧牠。牠柔順，聽你的話。你希望牠瞭解你。你會給牠足夠空間奔跑，但是有邊界。

明偉：這樣會把你嚇跑嗎？

亮亮：不會啊！因為我會衝進海裡，抓住那塊白色木頭。

明偉：意思是把我完全掌握嗎？

亮亮：開玩笑的啦，我沒有想要掌握任何人。

明偉：連我自己都追不上了，你怎麼可能抓得到它？

亮亮：不過我還是有點好奇，你追著它，卻追不上，該怎麼解釋呢？你覺得你內心的自己，比現在外在的你，更純淨嗎？

明偉：我也不知道為什麼。

亮亮：那就不解釋了。只是，將來如果有緣分的話，我可以當你那匹駿挺、聽話的馬。

明偉：你就不怕我把你管得太嚴嗎？

亮亮：有時候，對一個自己欣賞信任的人臣服，是很幸福的。

我看著那麼多個「亮亮」，有了答案。這對情比金堅的瘋狂中年大叔大嬸，把我的暱稱當作上網交友的暱稱，還真是影子寫手物盡其用。這些對話，是很觸動人啦，但還是可以輕易解釋為男釣女或女釣男。但是，這位明偉後來真的寄來一塊白色木頭也太浪漫，只是為了讓這位大姊傾盡柔情，以換更大筆的鈔票嗎？

我繼續打開了第二個，很薄，只有兩張紙。

明偉傳來的訊息

明偉：我在騙你，但我真的愛你。

明偉：我在騙你，但我真的愛你。

明偉：我在騙你，但我真的愛你。

明偉：我在騙你，但我真的愛你。

明偉：我在騙你，但我真的愛你。

明偉：我在騙你，但我真的愛你。

明偉：我在騙你，但我真的愛你。

明偉：我在騙你，但我真的愛你。

明偉：我在騙你，但我真的愛你。

明偉：我在騙你，但我真的愛你。

明偉：我在騙你，但我真的愛你。

明偉：我在騙你，但我真的愛你。

明偉：我在騙你，但我真的愛你。

明偉：我在騙你，但我真的愛你。
明偉：我在騙你，但我真的愛你。
明偉：我在騙你，但我真的愛你。
明偉：我在騙你，但我真的愛你。
明偉：我在騙你，但我真的愛你。
明偉：我在騙你，但我真的愛你。
明偉：我在騙你，但我真的愛你。
明偉：我在騙你，但我真的愛你。
明偉：我在騙你，但我真的愛你。
明偉：我在騙你，但我真的愛你。
明偉：我在騙你，但我真的愛你。
明偉：我在騙你，但我真的愛你。
明偉：我在騙你，但我真的愛你。
明偉：我在騙你，但我真的愛你。
明偉：我在騙你，但我真的愛你。

第三個，更薄，只有一頁。我大概可以猜到是什麼。

ID： linglinglovesyou

Password： Ilovelingling

與張寶基幽會之後，我登入了。看著亮亮兩字，配著那張韓國小模般的圖片，真的頗不舒服。反正我既然成了這個帳號的管理員，我就有權以她發聲，讓她變成我想要她變成的樣子吧？

於是，第一件事，我將暱稱改成：「馬翠翠」。

6.

尋找程明偉

翠翠（您之前用的名字是：亮亮，您要改回來嗎？○是 ●否）

身高：168 cm 體重：53 kg

年齡：32

學歷：大學畢業

興趣：閱讀 電影 音樂 心理測驗

個性：文靜內向 溫柔纖細

月收入：3～4萬新台幣

家庭背景：正常

用一句話形容自己：我是一個渴望平凡愛情的平凡女孩。

理想的另一半：成熟穩重 積極進取

您最近發出的訊息：

給 程明偉：既然你已經騙了我，為什麼還要回頭找我呢？

（7天前 已讀 **未讀**）

高原要我用一句話形容我現在的狀態。很好，他現在變成我的心靈導師或人生教練了。

「我在幫一個變成植物人的人延續她在網路上的生命。」

「繼續。」

「我在幫一個變成植物人的人延續她在網路上的生命，並且她本來在網路上用的是我的名字，這讓我有點不舒服，所以我把名字改了，改成我們共同創作的小說的女主角。」

「你延續她在網路上的生命，為的是什麼？」

「是找到一個叫程明偉的人，選擇告訴他真相，或者，繼續演下去。」

「用誰的身分演呢?」

「仲玲。如果我能進入她大腦的話。」

我好像戳到高原最痛的那個點了,這大叔很配合地右手撫著太陽穴,左手摸著心。但是沒辦法,我必須直接命中紅心,才能讓事情進展得快一點,我想要趕快找到程明偉,搞清楚他到底在想什麼,如果他只是要繼續騙錢,告訴他警察局見,如果他真的愛仲玲,就來台灣,不管他現在是在廈門、海南島還是杜拜,來看看這位與他網戀之後蒼白癱瘓的植物人,忘掉網路上那張韓國女模照。告訴他:歡迎來到真實世界。

但是,不知道是老天爺愛玩躲貓貓,還是程明偉在玩什麼把戲,從我上週接管這個帳號以來,他就不再上線了,也不再傳來任何訊息。所以,我和高原大叔現在耗在這裡,進行哲學問答。

從上週開始,我每天上午九點到這高級辦公大樓報到,晚上九點離開。我告訴黎振宇我要和仲玲老師開始密集工作,修改小說稿子,他說好。其實他也不能說什麼,因為他每天從上午十一點到晚上九點,平均有五顆頭要面對。有個不同行業的男友,就更能體會隔行如隔山這句名言。反正，到了晚上，他下班時我們會交換一下訊息，他會騎車來樓下接我。我們回到頂樓小屋，做所有正常同居男女會做的事，儘管中間隔著一座山。

我想像那些到詐騙集團工作的人，也許也向他們的家人撒了類似的謊。我去廈門的工廠工作了、我跟一個幹部一起去海南打拚、有個同鄉找我一起去深圳、我被公司派去英屬蓋曼群島了。

「他會不會被抓了呢？」我攤開從網路列印下來的一堆詐騙集團破獲新聞。有兩岸攜手在馬來西亞突擊成功的、有在峇里島獨棟別墅的、有新竹深山部落的廢棄教堂蓋起基地台的。那些掩面蹲下或被銬上手銬的詐騙分子，有男有女，穿著家居服，從頭上兩段顏色的髮色判斷，應該已經與世隔絕了一段時間。

「你覺得哪個比較像是程明偉的集團？」我問高原。

「我覺得你應該跟你的男朋友分手。」高原答非所問。人太無聊，就會開始說一些傻話，被拘禁在一起太久的兩個人，就會開始用言語刺傷對方。

「為什麼？」

「因為你還年輕，應該離開舒適圈。」

「我的生活沒有什麼舒適圈，處處都是地雷，我家有意外身亡的基因，我還能活著，就已經謝天謝地了。」

「意外身亡，還可以遺傳的？」他笑了。

我告訴他，我那彷如被詛咒的母系家族故事。外婆從少女時代就被說「無子命」，卻生了兩男一女，四肢健全、相貌清秀。兩個舅舅自小都精得像鬼，一個在小學二年級時蹺課逃學，才翻過學校圍牆，就被砂石車輾過，外婆好不容易盼著另一個舅舅大學畢業又當兵，退伍那天，在從車站回家的路上車禍死了。好，無子，認了，一個女兒總可以保住吧，我媽覺得她吸走了兩個哥哥的福氣，所以一路順遂，師院畢業，小學教書，相親結婚，卻在我小學的時候，一樣，被一台小貨車撞得黏在麵包店牆上。

從那時候開始，我外婆告訴我，我是她唯一希望。從我國中開始，她就灌輸我這個觀念：要找個家裡很窮或是兄弟很多不差一個的男的結婚，延續香火。但是呢，接著我爸跑路，我連家都沒有了。被追債那段時間，我早就搬出來了，算是躲過一劫。在我二十五歲那年，我外婆自己先買好生前契約，然後在安養院上吊自殺了，那時我大概有半年時間發誓一定要完成外婆遺願，隨便找個人嫁了。是我繼母曾阿姨勸我不要，她說不要亂結緣，她說就算我爸被債主剁一剁丟進台灣海峽餵魚了，她都不意外，也不會心疼，如果像她一樣嫁一個人到頭來變成這樣，有什麼意義呢？

「總而言之，我覺得我家人在情感上好像被逼得不得不冷血，想想很殘忍，但也省得麻煩，乾淨俐落。畢竟，誰到最後不是要走呢？所以看到仲玲老師那樣，不活不死的……」我停頓，「抱歉，我說話比較直，我會覺得她一定是還有什麼不甘心的事吧。」

「你剛剛講到大腦，對吧。你想進入仲玲的大腦。如果在三個月以前，我會告訴你，那絕對會是你這輩子最美妙的體驗。我沒有進入過女人的身體，但我進入過玲子的大腦，好，我們說mind，心智吧，那是純潔無瑕的地方。有一年，我們一起去北海道賞雪，我看著那好白好白、一望無際的雪原，完美到你連踩出一個腳印都捨不得，我跟她說：玲玲，我現在好像站在你的腦裡。」

「我覺得她現在的狀態也沒有變。」我發自真心地說，雖然聽起來像在安慰他。

「不，我自己知道，當然完全變了。」高原搖搖頭，「我現在看網路那些鄉民文，都很怕看到無腦、腦殘這些字，醫生告訴我，在清掉玲玲腦裡那些血塊的時候，其實……腦也幾乎清掉了。腦死，簡單說。」

「你期待她醒過來嗎？」

「不，這方面我還蠻理智的，我知道這是不可能的。我甚至還希望她就這樣平靜地、美麗地走掉，就像雪融了一樣。我隨時都在等內線電話響起，我只要接起，對宋小姐說：好，我知道了。但是，我只是希望，她走的時候沒有遺憾。或者是說，我希望我自己沒有遺憾。她倒下的時候我沒有在身邊，錯過了急救的時機，雖然說這些於事無補，但我還是自責的，或是如果，我再晚一點回來，也許她就走了，但就這樣，不早不晚。」

「沒有早一步，也沒有晚一步……」

「沒錯。」他苦笑。

我開始抓到這大叔說話的玄機與技巧了，有些空白他等著我發問，有些問題則是問了就俗了。像是，仲玲倒下的時候，你去了哪裡呢？與另一個精壯的小猛男在開房間嗎？這問題是問不得的。若以我親眼所見為事實的話，我只看到仲玲現在躺在那兒一動也不動了，我要是勤快一點，可以去醫院查她的就診紀錄，也許會有驚人發現，例如：仲玲根本不是什麼腦血管瘤爆裂，而是高原不知日日夜夜在她的飯裡摻了什麼，讓她慢慢衰竭死去，但是仲玲命硬沒死成，他吞占財產不成……

啊，我只是最近詐騙新聞看太多了。但回過頭想，我多麼大膽，和一個摸不著底細的男人從早到晚共處一室這麼多天。他真的喜歡男生嗎？我進進出出這麼多次，從沒看過另一個男人。但其實，我也沒什麼好怕的，我沒有身材沒有錢財，我看不到我身上有什麼是他要的，除非他有興趣蒐集女性植物人。或者是，他的嗜好是吃人腦？

我想像，他扳開仲玲的頭蓋骨時，看到了一片白皚皚的雪原，他像吃檸檬口味的義大利冰淇淋一樣，拿小湯匙刨出薄薄的第一層。

「高原，那你覺得我的腦長得像什麼？」我們已很習慣彼此的沒頭沒腦問答。

「什麼？」他從一份網路新聞的列印稿中抬起頭來。「哦，很簡單啊，我早就想好了。」

「是什麼？」

「是一架彈珠台。打出一個珠子，就會開始繞來繞去，彈來蹦去，最後也許得分，也許沒得分，但是都不重要，因為彈珠總是要有地方掉的，對吧？」

「嗯，我覺得程明偉這顆彈珠，現在就像一隻倉鼠一樣，在某個地方原地打轉，而仲玲，則是卡在落下去之前的那個彎道裡。」

「那我呢？」

「你是打彈珠的人啊，不是嗎？」

高原大笑起來。雖然我跟我爸不熟，但我還蠻會跟中年男人聊天的，我好像很自然地知道怎麼討他們開心，比起取悅與我同年紀的男人容易許多。有專家研究說，從小有與老人家相處經驗較多的女孩，容易有這個傾向，也許吧，成長過程中跟我說最多話的人是我的外婆。

我好奇仲玲是什麼樣子。若照高原上次重點式的幾筆帶過，她的童年也很孤單。但以我們談好的遊戲規則：看到聽到的不能說出去，沒看到聽到的不能亂問，我實在很難多知道些什麼。這種時候，也許只有想辦法挖好坑，讓他跳進來。所以，我在筆記本上做了一個表格：

仲玲	陳亮穎
1960年生。屬鼠	1984年生。屬鼠
母親難產過世。父親再娶	小學時母親車禍身亡。父親再娶
小時候住過日本的外婆家	成長過程中與外婆最親
寫字的人	寫字的人

「你看！我跟仲玲有好多共同點耶！」我把筆記本遞給高原。

「嗯。」他看了，點點頭，「一定還不只這些。簡單說，你們都有人生戲劇化的本事。」

話題又停了。

「我可以多知道一點仲玲的事嗎？」

「你不是已經看過她了？」

「但我想要了解她！了解……還沒生病以前的她。」

「你只要知道上網交友的那個陳亮亮、哦，現在被你改成翠翠了，是個什麼樣的人就可以了。」

「像你們最早註冊的時候寫的，我是一個渴望平凡愛情的平凡女孩？這是仲玲嗎？」

「這是大部分的女孩。」

「好吧，但是我必須知道，仲玲是怎麼偽裝成32歲的平凡女孩的樣子？」

「比如說？」

「比如……她的聲音是什麼樣子呢？她用什麼樣的聲調跟程明偉講話呢？萬一程明偉打語音通話來，我要裝什麼樣的聲音？還是，告訴他說我感冒聲音沙啞了、聲帶開刀了、我電腦的喇叭壞掉了？」

「就這麼告訴他。」

「蛤?!」

「你想要跟程明偉講話，更快弄清楚他在搞什麼鬼，也可以。」

「蛤?!」

「因為我猜仲玲從頭到尾都沒跟他說過話。」

「為什麼?是因為怕聲音聽出年紀嗎?很多年紀大的人還是娃娃音，所以聲音聽起來比年紀大二十幾歲也很正常吧。」

「不，不是這個問題。仲玲也幾乎沒跟我說過話。」

「蛤?!」

「她，她有天生的大舌頭。」

天啊。我好像瞬間明白她身上那種孤獨、寂靜與蒼白是怎麼一回事，她不是倒下變成植物人才這樣的。

「對，因為小時候不喜歡講話，所以她爸爸和外婆也沒發現，更何況她又是日語和中文混著講，說得不太標準也很正常。」

「是……是哪一種呢?」

「就是小時候所有周圍同學都會學的那種，只要把舌頭抵在上排牙齒後面，就可以輕鬆嘲笑她。仲玲子，會變成凍頂子。」

我幫她編第一本書出版以後，問她想不想去矯正，無論動手術或找聲音老師，因為日後也許會有採訪啊、演講的需求。她說不要，選擇寫作就是因為不用講話，而且她寫得比講得好，為什麼要講話？我跟她說，那我們拍一些照片吧，你長得又不差，她也不要，說媒體跟讀者看了照片就會想聽本人說話。」

「嗯，的確是這樣。但是對詐騙集團來說，遇到不用語音聊天的人，他們應該樂死了吧。或者，也反過來懷疑，這個亮亮應該也是同行，不然就是臥底。」

「我們的確是臥底啊。」

我們都笑了。我的確喜歡讓高原開心，但或許只是因為我希望這擺設得高雅脫俗的房子，氣氛可以愉快一點。

「我想多看一點她的照片，可以嗎？」趁著氣氛溫馨愉悅，我提出要求。

高原起身，帶著我再次乘電梯上樓，來到他與仲玲的起居空間。他帶我到他書桌前，開了27吋的大電腦，桌面上有一個資料夾：「仲玲照片」。

「我最近已經在整理了，畢竟，那一天來到的時候，我還是希望能幫她與這個世界做個美麗的告別。」

我點點頭。

「來，你坐，慢慢看。我去看一下她。」

他就這麼信任我，把我自己丟在他的書房裡了，不怕我開了哪個機密文件，或用隨身碟抓走什麼。然而，不知道是道德感的約束，或是相較於八卦的好奇心，我反而更害怕多知道一些什麼，我沒有去動電腦的其他地方。當然，更重要的是，這些照片，就夠我看了。

她很美，也愛美。從小時候在日本的成年禮開始，她好像就永遠不脫那個紮好頭髮、嚴謹整潔的模樣。尺度最大的一張，看起來約莫我現在的年紀，背景看起來像在義大利，豔陽下的廣場，她捲起袖子的白襯衫胸前敞開，黑色內衣細緻的蕾絲邊若隱若現，只扣了中段兩個釦子，下襬打了結，露出肚臍，下半身是牛仔褲。其餘都穿很多，米色長風衣配雪景或楓紅是招牌。她總是恬靜地笑，幾少露齒，目光和煦，羞怯地看著幫她拍照的人。

高原進來了。

「怎麼樣？」

「很美。」

高原側在我身邊，移動著滑鼠，我本能地站起身，讓給他坐。

「還有一個影片，我開給你看。」

是一座熱氣氤氳的溫泉池，仲玲坐在池中，露出白皙的肩膀，一樣，淡淡笑著。接著鏡頭前方出現一個小蛋糕，放在池畔的石階上，蠟燭是30。但仲玲看起來很明顯已經不只三十歲。

仲玲慢慢地，一步一步滑過來，笑得越來越開，甚至聽得到笑聲。高原的聲音：「小心，慢一點。」她的濕腳印踏上石板，像美人魚一樣並腿斜坐在蛋糕前，皮膚光滑、乳房渾圓、腹間無贅肉。

她低頭，兩個人一起吹蠟燭。

「Happy Anniversary！」高原說。

仲玲再次抬頭，開口。很小很小的聲音，但聽得到。

ㄊㄟ ㄊㄟ。

是真的。

「玲玲喜歡泡溫泉，所以我們常去日本。那次是我們認識三十年的紀念旅行，兩個人都四十五歲，我剛買第一支iPhone。我本來還在規畫，四十週年要去哪裡呢。」

他們不是戀人，但是可以袒裎以對，共浸一池，沒有慾求。

我知道高原大部分時候並不住在這兒，因為有幾天我比他早到了，才知道他也是來「上班」的。但今天，是第一次他與我一起離開。他確認好我男朋友會來接我，告訴我：一起下樓吧。

也許，人與人之間的信任，是這樣一步一步建立起來的。

他的男友，一個年紀更大的，但身材保持精瘦健美的紳士，站在大樓外等他，手提一個歐式麵包坊的紙袋。

他們向黎振宇點了個頭，「騎車小心哦，我們老人家，要散步。」

他們沒有牽手或擁抱，肩並肩地往前走了，悠靜的日常。

我戴好安全帽，跨上黎振宇摩托車的後座，一如往常，輕輕摟著他。

「仲玲老師的經紀人，gay。」我在黎振宇耳邊簡要人物介紹。

摩托車加速，駛進夜裡的車流中。

其實從媽媽過世以後，我每次坐上摩托車的時候，都會在心裡想，來吧。哪台不長眼的砂石車、酒後駕駛的小貨車，我不怕。只要不要痛太久，只要讓我快點失去知覺。

我曾以為人生最最戲劇化也就如此了，沒想到我已經快要活到媽媽的年紀，並看到更多更多，那些不降臨在我身上的戲。

7. 翠翠與程明偉

當網路上的人變成了真人，才是恐怖的開始。

這個人，不但真的存在，而且還在我看不到的地方看著我。不，應該是說看著他以為是「我」的我。這個「我」，是暱稱叫「亮亮」的假人，那個時期藏在亮亮背後的真人是「仲玲」，而現在，這假人的名字改成了「翠翠」，躲在翠翠背後的人是我，陳亮亮。

如果把網路當作另一個真實世界的話，也可以說是這個亮亮死過一次，又用同一張面孔重新投胎了，卻換了腦袋，換了名字。然而，她和她前世騙了她很多錢的心愛的明偉，前緣未了，於是玩起了捉迷藏。亮亮的2.0版，翠翠在網路上埋伏攻堅，卻不知道明偉神通廣大已經穿越了次元，來到螢幕之外的世界，躲在暗處，看著她。不，看著我。

並且，我不知道他在哪裡。

明偉：你為什麼要把名字換成翠翠？　22:47

明偉：昨天晚上騎摩托車來載你的那個人是誰？　22:48

這是我今天早上起床登入交友網站收到的訊息。也就是說，他昨天晚上不知道躲在哪裡，看著我從仲玲的隱密豪宅大樓走出來，上了黎振宇的摩托車，並和高原及其男友道別，這些他一定都看到了。

那棟樓的建案名只有一個字：隱。在大學區的巷弄裡，沉穩內斂，低調奢華，門口的燈也打得暗暗的，他要躲在哪根柱子或哪棵盆栽後面，是看不到的。然而，摩托車騎走之後，他繼續跟了嗎？他現在就在我們這河堤社區一樓的便利商店了嗎？

翠翠：你在哪裡？　08:08　已讀　未讀

我能做的事情，就是把這條訊息發出去之後，趕緊梳洗準備出門。我直接叫了計程車，直達那棟「隱」，用最快的速度想辦法把自己隱起來，在他發現我之前，隱回電腦後面，隱回翠翠的名字與照片後面。

不對，他已經看見我了。他知道我就是那個「翠翠」。他或許甚至知道我每天白天到這兒報到，天黑離開。所以，我何必躲呢？

下了車，我刻意在門口站了一會兒，像是方便敵人瞄準目標似的，三百六十度轉了一圈，不管他躲在哪個暗處或哪棟公寓頂樓拿望遠鏡偷窺，我想告訴他：我就在這裡，出來吧！

我想像，我拿著大聲公三百六十度旋轉放送：「我不是亮亮，不是翠翠，不是仲玲，不是你叫老婆那個人，不是匯錢給你那個人，你出來吧！我帶你去看仲玲，我告訴你真相！」

我用意念把這些話傳達出去，但是沒有人靠近，更正確地說，這住宅區該上學該上班的都出門了，巷弄裡根本沒有人。倒是管理員先發現了我，笑咪咪推開厚重的大門，自動幫我登記換卡。

這是真實世界的登入方式。管理員的眼睛與記憶，像是自動通關系統，他對我笑，與我寒暄，代表驗證了我的身分，但職責所在，他仍需在訪客登記本上留下紀錄，我仍需繳出證件，押在這兒，換回一張感應卡。

保全。這是讓大多數人感到安全的方式，門禁森嚴，程明偉進不來，只能在門外流連偷窺。可是同時，管理員現在有我的名字、電話、出生年月日和身分證字號，如果押的是身分證，他還知道我的地址和老爸老媽的名字。安全嗎？

他可以每一段時間搜集好這些個資，轉賣給某個需要大量客戶名單的人，或者單位，或者商家。他可以拿我的名字和出生年月日去和他兒子合八字，如果他正好在找媳婦也正好看對眼的話。他可以把身分證拿去複製三十張，也可以用我名字訂兩百個披薩去我戶籍地址指定貨到付款，但是，這要幹嘛呢？

惡作劇、無聊、報復、有利可圖？

一個網購平台，有所有消費者的資料，一家醫院，有所有病患的資料，一家電信業者，有所有使用者的紀錄，一家銀行，連你欠了幾根毛都知道。

我們從來不知道那些自稱軟體王、外送茶、二手精品、汽車借款、躺著也能瘦、最新無碼A片的人，是怎麼發送郵件和簡訊給我們？而也正因這個看不見的龐大滲透系統，讓我們的心裡有個缺口。

我們開始在某樣東西前面冠上「我的」兩字時，這個缺口就形成了。我的名字、我的戶頭、我的ＩＤ、我的兒子、我的車子、我的房子、我的愛人，看不見它們時，便有了惘惘威脅，怕被竊被侵被盜。詐騙集團踩住這個缺口，從媽媽我被綁架了，到您的資料被剽竊了、您的帳戶被侵入了、您的信用卡被盜刷了、您的包裹被扣在海關了。

贖金、保證金、任何金，反正只要把你的錢，變成不是你的錢，就好了。挖一個洞，補一個洞。

可恥的是，那樣的事我做過。

不，我沒有把別人的錢變成我的錢。我是說，在以某組編號認證便可進入的系統裡，窺探會員個人資料。

我大學時在書店打工，這裡說工讀生是沒有權限登入會員資料庫的，但店長看我求知慾旺盛，開始教我分類上架與補庫存，大方地把他的帳號密碼給我，我因此進入了那資料庫。

那時讓我生命有缺口的，只有一個人，張寶基。「我的」男朋友。

他不知道我每天打工第一件事就是登入會員檔案，看他上一筆消費，在哪裡？買了什麼？順便行蹤調查。我的權限遠不及銀行員工可以看到信用卡消費，或電信業員工查得到通聯紀錄，我只是弱弱地看得到他去了哪家書店分店，買了什麼書，由此聯想出他可能在跟誰約會。而他那些可能的約會對象，所有我知道名字的我也都查一遍了，有的根本不是會員，我便在心裡鄙視地哼一句，連張學生會員卡都達不到，還跟人家談什麼文藝咧。我當時就是這麼幼稚，這麼弱。

有一次，他晚間7點53分在新竹站前店買了一本詩選，而那晚他明明要帶我回家。他來書店接我時，我什麼都沒說，心裡卻揣著一個他的秘密，自以為勝利。那時開始有部落格這種東西，我看到他的友站連結裡，有一個女的貼了一首內灣之詩，便連起來了。我點進這女的相簿，相貌、氣質、穿衣風格，一目了然。

然而，比起現在一路打卡的臉書時代，我那時的行為根本就像傳統徵信社。只是，我從沒想過，有一天，會有這麼一個人不用任何電腦設備調查我，而是直接活生生在某處看著我。

翠翠：你在哪裡？　08:08　已讀　未讀

而我現在瞪著這條訊息，只要它變成已讀。我就要撲上去窮追猛打。高原進來之後，我告訴他上情，我們便一起盯著螢幕。

「啊！來了！」我大喊。

不知為何高原把食指放在嘴唇上，做了一個「安靜」的動作。但我們明明沒打開麥克風喇叭，也沒打算和他通話。或許吧，對待敵人還是步步為營，以靜制動。

翠翠：你在哪裡？　08:08　已讀　未讀

程明偉上線。與他聊天嗎？　●是　○否

螢幕彈出了聊天視窗，我們終於重逢了。

螢幕裡

明偉：昨晚睡得好嗎？

翠翠：你在哪裡？

明偉：你為什麼要把名字換成翠翠？

翠翠：嗯，想要有一點新鮮感。

明偉：但是我覺得你有一點故意。

翠翠：怎麼說呢？

螢幕外

亮亮：什麼鬼，突然又變得這麼溫柔？

高原：別想那麼多，我猜這是他們的制式開場白。

高原：你別那麼衝，好好跟他講啊。

高原：很好，就是這樣，繞著邊，不斷反問。

亮亮：好啦，你別吵，我自己知

明偉：（回覆訊息中）

明偉：你明知故問。

翠翠：我知道什麼，你倒是說說看啊。

明偉：我不想說了。

翠翠：好吧，隨便你。

明偉：昨天晚上來載你的人是誰？

翠翠：朋友。

明偉：可是你們看起來很親密？

翠翠：你到底躲在哪裡看我？

明偉：你沒做虧心事就不必怕人看。

道怎麼說。

高原：欸，嫌我吵？

亮亮：好啦，安靜，現在要專心。你看，他停那麼久。

高原：我猜他旁邊也有一個軍師或同夥，我們不能輸他們。

亮亮：欸大叔，你當作打電動啊。

高原：這是你們年輕人典型的冷戰嗎？

亮亮：奇怪，我才第一次跟這個人線上聊天耶，怎麼馬上可以好像情侶在吵鬼打牆的架。

高原：厲害吧？人生這個舞台？

翠翠：你既然來找我，為什麼躲起來？
明偉：你明知故問。
翠翠：我到底知道什麼？
明偉：我覺得你變得很奇怪。
翠翠：好好好，是我怪。那我們就把話都講明好不好？不要躲來躲去的。
明偉：是你在躲我。
翠翠：我沒有啊。
明偉：那你電話為什麼都不接？
翠翠：電話？哪一支？
明偉：就你給我的手機號啊。你說

聽說很多電影開拍第一場就是床戲，男女主角都還不認識呢。
亮亮：天啊，可以換一句成語嗎？老哥。
亮亮：電話？哪一支？
高原：我也不知道，你就這樣問他吧。

到了台灣就打給你。

翠翠：喔喔，對不起，我手機弄丟了，正在重辦，過兩天就可以拿到了。

明偉：喔。

翠翠：所以因為我不接電話，你就覺得我有鬼，乾脆躲起來跟蹤我？

明偉：我只是怕你不會遵循我們的約定。

翠翠：喔。

明偉：我想要再確認一次。

翠翠：確認什麼？

明偉：你之前匯錢給我是心甘情願的？

翠翠：是吧。

高原：爛。

亮亮白眼。

亮亮：還喔勒騙子，知道我在騙你了吧。

高原：學得挺快嘛。

亮亮：以前都不知道，喔，這麼好用。

高原：喔。

亮亮：（笑）你很煩。

高原：喔。

明偉：所以你不會報警吧？
翠翠：不會吧。
明偉：可以肯定一點嗎？
翠翠：你既然已經都來到大樓外了，我直接下去接你，我們直接碰面講清楚，不好嗎？
明偉：等我幾分鐘。我跟他說。
翠翠：他？他是誰？
明偉：我的分身。
翠翠：分身？
明偉：應該說是代理人。
翠翠：你的……助理？
明偉：不，也不是。反正見面他就會告訴你了。
翠翠：為什麼派代理人來？

高原：不要這麼快，你不想多跟他聊一聊嗎？
亮亮：不想！
亮亮：媽的，我不也是分身嗎？
高原：（開始狂笑）不，你也是代理人！

明偉：因為我還是怕你會報警，所以叫他去。

翠翠：那麼他不也是共犯嗎？

明偉：他什麼都不知道。

翠翠：好，我現在也什麼都不知道。你可以叫他過來了嗎？

明偉：好，給我幾分鐘。我發短信給他。

明偉：好了，他說10點20分，在大樓外面。

翠翠：一個小時後？好。希望我跟他見面之後就可以把一切弄清楚。

明偉：無論如何，不要忘記，我還是愛你。

翠翠：我不覺得我們像在談戀愛。

亮亮：什麼鬼！

明偉：喔。可是我還是覺得要說。
翠翠：為什麼？
明偉：當一天和尚，敲一天鐘。
翠翠：很好，你很盡責。
明偉：應該的。
明偉：那你呢？
翠翠：我？我什麼？
明偉：你沒說。
翠翠：愛你。
明偉：你真的愛我嗎？
翠翠：我真的愛你。
明偉：我也真的愛你，老婆。

翠翠離線。
明偉離線。

高原和亮亮同時爆笑。
高原：天啊，這人真的太逗了！
高原：快快快，演一下啦。
亮亮：天啊，夠了哦！
高原：就只是打幾個字嘛！

兩段離線音效聲，讓我喘了大氣，像被大卸了八塊。顧不得禮節與形象，重重趴進柔軟的高級沙發裡，伴隨鬼叫哀號。

高原大叔卻樂得大笑，過來我旁邊，舉起手作勢與我擊掌，我軟弱沒力地回應。

「我想去用消毒酒精洗手，然後去狠狠刷牙。」我說。第一次感覺到愛字如此之骯髒、低廉、卑賤。只因為它是假的。

「想去就去吧，我猜男女明星在演完親熱戲之後也都會好好洗乾淨。」

「因為是假的，對不對？怕那些假的東西殘留在自己嘴巴裡。」

「Well，你也可以這麼說。但我倒覺得，他們只是專業。」

「我不是亮亮，不是翠翠，不是仲玲，不是你叫老婆那個人，不是匯錢給你那個人，你來吧！我帶你去看仲玲，我讓你看看什麼才叫真的！」我又發瘋鬼叫一通。

「你不要那麼執著在你做了什麼，你為什麼不跳一層出來看，你剛剛是怎麼做這件事呢？」

大叔開示了。但我現在並不想上經營管理或心靈成長課程。

大叔自己笑起來。「我覺得剛剛好像不是在跟詐騙集團丟訊息，而是好像是駕訓班在道路駕駛，你是學員，我是教練，明明方向盤在你手上，我卻要一直下指令，油門鬆一點，煞車踩慢一點，右轉一圈半，回正……」

「我最討厭開車時旁邊有很吵的人了。」我嘛嘴。

「有人在旁邊可以一起罵一罵路上那些亂開車的人，不是很好嗎？」

「這不是我要走的路啊！我只是個司機！」我是分身，是代理人，是影子。

「不，你已經上車了，這就變成我們的事了。」

「我倒覺得剛剛很像在看盜版日劇，下面有字幕，上面還有鄉民網友的即時評論跑馬燈，雖然很干擾，但有時候還蠻好笑的。看戲的心態，也變得不太一樣了。」

「怎麼不一樣法？」

「一半在戲裡，一半在戲外。」

當戲裡的人走到戲外來了，才是恐怖的開始。

10點20分，我帶著感應卡準時下到一樓。大門是黑色木頭，密不通風的，唯一能透外的，是管理員旁邊的一扇小窗，我下意識地探頭。管理員挪開身子，讓我看得更清楚。車道斜坡旁，有一個黑衣女子。

「陳小姐，外面那個女孩子是你們的訪客嗎？我看她二十分鐘前就來了。」

「她怎麼來的？您有看到嗎？」

「好像是走路吧。是來應徵的嗎？」

「嗯，對……是朋友的朋友……朋友介紹的。」我含糊帶過。

代理人原來是個女的。我按了解鎖鍵，推開門，深吸一口氣。

黑衣女朝我走近，臉上堆著客套的笑。

「陳小姐，您好。謝謝您願意見我了。」

她演得像真的是來應徵的，但我一頭霧水，只好擺著面孔，盡量不動聲色。

我引她入內，「這兒要先換個證件。」

「好的。」她從黑色的合成皮包包裡拿出皮夾，再從皮夾裡拿出身分證。

中國的口音，中華人民共和國的身分證。上面的名字是：

馬翠翠。

我驚呆了。天啊，這一定不是巧合。仲玲老師啊，你到底在寫哪一齣戲？或是在設什麼局呢？如果我是開車的人，那麼車外就是暴風雪兼龍捲風外加地震海嘯吧。穩住。

管理員幫馬翠翠登記好，我們要先一起走過長廊，到達梯廳。天哪，馬翠翠，你曾經是日日夜夜盤踞我腦袋的人物哪，但三宅一生的白襯衫呢？年輕時的劉瑞琪呢？怎麼會是這個腹部三層肉夾在黑色菜市場針織衫裡的大嬸？翠翠，你投錯胎，裝錯身體了吧。

等、等一下！該不會你就是程明偉吧！

那我是誰呢？是網路那個陳亮亮、翠翠、還是仲玲？

我一半在戲裡，一半在戲外。一半內心戲澎湃上演無比煎熬，一半覺得不該這麼冷漠對待眼前這個看來純樸無害的溫吞大媽，於是我的身體比我更快開口，卻說了愚蠢至極的五個字：

「台灣很熱齁？」

翠翠大媽只是溫藹一笑，說：「不，不熱，河南更熱。」

她笑起來其實還蠻美的，眼睛彎彎的，人家說的月亮眼。

開了口，她便打算一直開下去。

「陳小姐，你本人比照片還漂亮。」

「照片？你看過我照片？」你看到的真的是我的照片?!

阿彌陀佛，電梯到了。

辦公室在七樓，也就是我平時「工作」的地方，雖然看起來像私人招待所，但它仍是辦公室。打通的空間有一組沙發，一張會議長桌，另一側有兩張相對的電腦桌。我來過這麼多次，每次我們都是在沙發聊天簽名蓋印就輕鬆結束。但現在，高原已經坐在會議桌前了，代表他的慎重。

「這是高先生。這是，馬小姐，馬、翠、翠。」我刻意放慢咬字。

我可以看到高原快速收攝所有的驚訝與疑問，恢復從容自信樣，果然有練過。

高原請她坐下，幫她斟了茶，一如我很菜的時候，他對待我的樣子。

怎麼開始呢?就，沒頭沒腦吧。

「馬小姐說，她看過我的照片。」我對高原說，帶點投訴、帶點警戒的口氣。馬翠翠聽得出來，急從包包裡翻出一大疊厚厚的列印文件，翻到做好記號的某一頁，說：「是啊，是陳小姐您傳給天盟的啊。」

天盟！好久沒聽到的名字！我和高原對看。馬翠翠對我們秀出那一頁，雖是黑白列印，仍可以清晰看出來，沒錯，是他媽的本人我的照片，身分證大頭照，外加一張在咖啡館低頭寫作的假掰照。他們公司發給我薪水，要有我的身分證影本一點都不難，而假掰照，大概是我在網路上唯一能被搜到的照片，某次文字工作者聚會的紀錄照。

仲玲抓了我的照片，傳給騙子。很好，這條等一下再算。

「您說的天盟，是哪一位？」高原拉回來。

「何天盟，噢，對，他筆名叫作程明偉。」

「那叫網名。」高原糾正她。

我和高原快速看著印有照片那一頁紙。

亮亮：已傳送兩張圖片。

明偉：其實你本人不醜嘛。

亮亮：所以你現在知道了，我的本名叫作陳亮穎，你可以在網路上找到我幫出版社寫的書。現在我正在幫公司找故事，如果有合適的，我們會高價購買。

明偉：所以你覺得我之前講的那兩個故事還可以？

亮亮：是啊，我匯錢給你了，不是嗎？

明偉：所以接下來要怎麼進行？

亮亮：你要繼續提供故事給我，我會繼續給你錢。但是只有一個條件。

明偉：是什麼？

亮亮：你必須到台灣來，我們面對面聊。

這大疊紙約莫是一本十萬字小說書稿的份量。我和高原心裡有數，這應該就是我們在電腦裡找不到的，仲玲與程明偉的對話紀錄。程明偉把整份傳給馬翠翠，馬翠翠認真地研讀，還在重點處畫線，像個認真讀劇本準備來試鏡的新人演員。

「所以？」高原像主考官，抬頭看著這張月亮臉。

「所以天盟告訴我，要我代替他來這裡找陳小姐。我可以賣我自己的故事，然後我們平分。」

「你怎麼知道你的故事有多值錢？」高原揶揄。

「我…我讀了天盟給陳小姐講的故事嘛，我覺得我的故事沒比他差啊。」

她比了比那疊紙，意指她讀了他們的對話記錄。

「好，那麼，這份請留在我們這兒，讓我們參考，好嗎？」高原問。

「我……我……這兒之前不小心刪除了。」我補充，像是說來說服自己。

馬翠翠慷慨地點點頭：「這份被我翻得有點爛了，要不，我再重新印一份送過來？」

「你有檔案吧，直接傳過來也可以。」我說。

她低頭從包包裡拿出一根金條，當然是塑膠材質的，上面印著「招財進寶」，金條蓋子打開，是隨身碟。她整根交給我，毫無戒心。我到後方的電腦桌，把整個資料夾抓出來。

「他要我印出來帶著，我沒想到一印就是一百多頁……我想，就整份都帶著好了，有憑有據……」翠翠說。

「因為你怕我們是騙子？」高原自己破功大笑。

翠翠不好意思地點點頭，彎著眼笑。「但是我現在不怕了，因為你們看起來人都特別好，我真的很感謝有這個機會。」她好像開始演了，不知是真心還是諂媚評審，眼角還泛淚了。

天啊，現在到底要怎樣。我們幹嘛沒事弄個善良的村姑來這兒顯得我們好像是老奸巨滑的騙子啊。

「好吧，那你開始吧。」高原下口令。

「我們是在鄭州重逢的，號稱中國騙子最多的地方，看上去，的確也是這樣。商場外面貼了一個電器百貨甩賣，我跑進去要買一支手機，結果全是些破銅爛鐵的電鍋什麼的，你說手機不是電器嗎？

有個去年剛蓋好的新商場叫七天地，一天地賣生鮮，二天地賣女性衣飾百貨，三天地賣電器，四天地賣奢侈品，五天地賣文教用具，六天地賣男性運動服飾，七天地才是辦手機的地方，逛完總共要走七條街，快兩公里路，也就是說買了一罐加多寶要再買一支手機，得再走上三十分鐘。

那天我就和天盟約在那兒，從一天地走到七天地。他給我辦了一支蘋果六。

我一直都在周口幫忙家裡採麥子，幾年前天盟叫我去鄭州，說可以安排我在拍片的劇組裡買買便當。我說我要照顧爸媽欸，你可不可以把我弟

 203

帶去，他會開車。我叫馬翠翠，我弟叫馬景濤，不騙你，有身分證的，他八八年生的，我們那兒流行什麼就取什麼名字，後來馬景濤不紅了，我們還是一直叫他阿濤。

阿濤現在還在劇組裡開車，他特別勇敢，開美術服裝道具車，有時候後面掛著好幾個殭屍，整個晚上不睡覺，從鄭州開到安陽，他也不怕。

我和天盟是一塊兒長大的，像兄妹一樣。但是他離開得早，好像很能闖蕩，我這次來台灣也是他幫我辦的，他還不收我錢。

他現在在哪兒我也不知道，好像是馬來西亞還是印尼的，他說他現在是個體戶了，他說他穩定了之後就要把我接過去，他那邊還是要有人打掃煮飯什麼的。我問他，他到底在做什麼事兒，他就說是在幫公司找故事，我問他的職位，是經理啊還是什麼？他說他是陌生開發總監，人家都叫他何總，或是何老師。聽起來蠻靠譜的，是吧？像我們阿濤，都開了幾年車了，還被叫阿濤。但是至少他快樂，他快樂就好。

這也是天盟一直跟我說的，他希望我快樂。他知道我有錢一點會比較快樂，所以給了我這個機會，前幾天陳老師電話一直打不通，我問他怎麼回事，他就說因為這機會很難得，很多人在排隊呢，說不定還要抽籤，他要我有點耐心再等一等。昨天我等不住了，先照地址跑來了，我想看看是不是很多人在排隊，但是什麼都看不到，倒是看見陳小姐了，但是我又不好意思過去打招呼……今天早上我接到他短信，跟我說可以過來了，我真是太開心了。

不好意思，我有點緊張，說得亂七八糟……那個……會響鈴嗎？還是我要繼續說……」

我的媽呀，這大媽，真的當作達人秀了。

「沒關係，你可以先休息一下，喝個茶。」高原溫柔地說。

馬翠翠照做。

「那我可以問你問題嗎？」高原說。

「請。」馬翠翠有禮貌地點頭。

「你和何天盟，到底是什麼關係？」高原直中紅心。

「嗯……」馬翠翠瞇眼，臉上有種少女的光輝，似在尋找最適切的詞句。

「我們是累世的夫妻。」她眼中忽綻光燦。

「這一世也是嗎?」我忍不住發問。

「不，就這一世不是，不知道是哪兒出差錯了，我嫁給現在的老公。但是我不放棄，我要努力，讓我和天盟下輩子還可以再當夫妻。你們看我這樣，也知道我生過小孩了，我老公沒什麼特別，就是個農民，我女兒十三歲，也是正常活潑的小孩。我知道這樣不對，但是只要每次和天盟見面，我們就會特別好。他沒結婚，一直都是一個人，我知道他不會亂來，所以他要我去鄭州，我就去，他要我去廈門、深圳，我也都去，他要我來台灣，我也來了。」

這是一個隨傳隨到的慰安婦的概念嗎?安撫一具躲在電腦和手機後面經營詐騙的青梅竹馬的身體。

「那你愛他嗎?或是他愛你嗎?」我問。

「愛。當然愛。」馬翠翠毫不猶疑。那絕不是當一天和尚敲一天鐘。

「那你為什麼不離婚跟他好好在一起呢?」我再問。

「我們的愛是超越那些世俗形式的。」翠翠答。

哦，對不起，我俗了。

「他說，他希望不管他在什麼地方死去了，我是那個幫他收屍的人。我問他說，那要是我先死了呢？他說他一定會飛奔回來，不管他那時候在哪。我問，那你怎麼會知道我死了呢？他說，在那一刻，不管他在哪，他一定會感覺到心很痛很痛。」

我偷偷看了高原，他努力掩藏著一個很痛很痛的表情，起身，對我點點頭，往隱形推門處走去。

「您稍等一下，高先生去取款。」我像個秘書。

而我看見，馬翠翠，她在吞口水。

那是與生俱來的期待又貪婪的樣子，演不來的。我回想，每次在這兒賣出我的故事，簽下保密條款，一手交貨，一手交錢時，我也吞了口水了嗎？

「陳小姐，那我也可以問你嗎？」

翠翠突然發問，我回過神，點點頭。

「你覺得何天盟愛你，或是你愛他嗎？」她問，謹慎地。

開玩笑，何天盟，哪位啊？

「不，都不愛。」我回答，篤定地。

8. 仲玲到底是誰？

故事快要結束的時候，會有預感的。對吧？

馬翠翠帶著一包現金離去。我送她到一樓，我想像這時應該有什麼駕著玻璃貼滿隔熱紙的九人巴來接走她，但是沒有。她說知道公車怎麼搭，自己走出去就可以了，要我別擔心。

我豈需要擔心她？

再次回到樓上的時候，我心裡不斷重複著，要結束了吧？

我像每次交稿前在檢查每一個故事情節推動是否合理一樣，把這整件事從一開始到現在想一遍。是什麼讓我走到今天？我抓著凌亂糾結的線，理出線頭。

是那個獵人。不，是那個獵人的姘頭。

就是讓我捧斷手的那本書。身為盡責的專業寫手，儘管只是個不具名的幕後作者，我還是會做足所有該做的功課。出版社交給我一片獵人的紀錄片，片長兩小時，由深山獸徑、陷阱製作到獵人平常的生活，全程記錄。其實，是拍得不錯的。如果當作一部行腳綜藝節目的話，因為那個採訪者頻頻入鏡，甚至與帥氣結實的中年獵人眉來眼去，我看得惱怒。我在片尾字幕上看到這個女的掛名導演，但整部片看起來就是她在演。這比採訪稿一直出現筆者兩字還讓人不可忍受，導演不就應該在攝影機背後嗎？就像作家或寫手理該在文章背後。

入鏡也就算了，那尖銳的笑聲，眼袋浮著桃花的鳳眼，不時奪走畫面的重點。拿一串紅色果子，問攝影師：拍到了嗎？挨著獵人大叔問是什麼那是什麼，最後都沒給答案。夜晚，在山屋外生起營火，設計獵人唱部落情歌給她聽，渾厚歌聲未了，卻加入了她嬌滴滴的歡呼，要獵人教她唱一遍。

人要討厭一個人如此容易，一個人要被人討厭也如此容易。甚至可以說，這是沒得選的，沒得思考為什麼的。若問我為什麼？我也許也只能回答：她笑得太刻意、問得太刻意、裝笨得太刻意。更重要的是，這不專業啊！

當然，這跟我都沒關係，我只要把該看的資料看完，整理出題綱，掏空自己，跟隨獵人去山裡生活個幾天幾夜，與配合過多次的攝影師溝通好，我的任務便完成了。接下來只要把自己關在頂樓小屋兩個禮拜，我就可以駕輕就熟地完成一本鮮活好看、且不出現半個「我」字的遊蹤紀錄。然後再接下一個案子。

但是，我坐著攝影師的吉普車，翻山越嶺到那個部落，一下車時，我就知道，糟糕了。為了迎接我們，平房外生火烤肉，部落裡的年輕人也準備了吉他和小米酒，但是，那忙進忙出，儼然女主人張羅一切的，噹噹，就是那個聲音尖銳的鳳眼女導演！

為什麼？不用問，片子是前年拍的，後來發生什麼事完全可腦補。

獵人原本的太太呢？也還在。在院子的另一側，靠近馬路的矮牆邊，赤著腳、穿著寬大的花洋裝、嚼著檳榔，開了兩罐台啤插上吸管，走過來遞一罐給我。我拿著鋁罐，與她輕輕一碰，彷彿結盟。她帶我到矮牆邊，包了一個檳榔請我吃，我沒多想就放進嘴巴，卻不知道要把檳榔汁吐掉，連同紅灰整個吞進去，再蹲到水溝邊嘔半天。獵人太太大笑，好可愛的口語，說著：「給你什麼你都吃哦！」我狼狽笑著說：「我知道你不會害我嘛！」

就算來到一個陌生地，我還是隱約可以判別，哪邊是善，哪邊沒那麼善。只是，隨後我被攝影師叫回去圍著營火喝酒聊天了，女導演嬌媚依舊。我不忍地望向圍牆邊一人獨酌的大老婆。同部落的年輕人端了一盤烤肉烤玉米過去給她，她卻藉著酒瘋把不鏽鋼盤一揮，哐啷落地。

這個剛剛待我超和善的原住民媽媽，挪動她的大屁股，起身，一跛一跛往黑暗中走去。營火晚會這廂，沒有人移動。

「她……她住哪裡呢？」我忍不住問。

「每個人都會找到自己回家的路。」答話的人是部落的牧師。

這兒沒有平地的世故與八卦，人人心臟強，神經又大條，我們裝著與他們一樣自適自如。

隔天一起上山的有獵人及其鳳眼小老婆，攝影師與我。鳳眼女儼然獵人經紀人，該怎麼拍都有意見，每個問題都要插嘴，後來還要求一同入鏡，更糟糕的是，攝影師對鳳眼女似乎無法拒絕。我管都管不了，遂越退越遠，落在隊伍最後頭。

第一次在稜線休息時，鳳眼女明顯針對我，但卻對著兩位男士吆喝：「欸！你們這個美眉好像很不喜歡我吻？」

美眉有兩種，一種是對之疼愛親和，一種是鄙視，覺得你幾兩重的黃毛丫頭。她的意思當然是後者。

我很少遇到平白無故就討厭我的人，但也許是我討厭她在先。我真想到懸崖邊往下一跳，讓人生重來。但我想如果那樣的話，我下輩子還是會遇到她，所以我想把話講清楚。

「因為……因為攝影師在拍照嘛……我不想要干擾畫面……」我委婉地說。

似乎堵住她的嘴了。大家吃過乾糧，繼續前行。然後，在寬闊平坦的林道上，我突然摔了個狗吃屎，右手肘重重跌在一顆大石頭上，痛到無法動彈。路上沒有任何香蕉皮或樹根，我一整個就是被鬼打到。獵人幫我固定好，一邊聯絡山下醫院，攝影師幫我揹背包，下到登山口，上了救護車，打上石膏，回了台北。

聽說那本書就再也沒有下文了。

接著，因為斷手而去美容院而認識了黎振宇，因為傳了類告白簡訊給黎振宇等不到回音而寫了一篇文章投稿，仲玲因為看到了那篇文章而找我當影子寫手。然後，才開始這光怪陸離的邪門懸案。

當然只是循著單一的線性推論，是以果推因了。每一個事件，都會炸開無數個結果。不然，要一切都不發生的話，就一直往上溯到應該把我塞回我媽的子宮，一切就不會發生了。

現在，仲玲與馬翠翠這整件事雖不致讓我想從七樓跳下去，但我有預感，就要結束了。

對我而言，就叫「結案」。以往，書印了，就結案了，又進入下一個案子，周而復始。但這次，則是不寫了、不出了，也是結案，與獵人的書一樣，我雖然沒有斷手斷腳，倒是被驚嚇了好幾回。

「所以，要結束了吧？」我把上面這一大段告訴高原，同時問他。

「你不覺得，才正要開始嗎？」

「蛤？」

「馬翠翠回鄭州之後，也許會昭告鄉親父老，這兒有個賣故事的生意，從明天開始，一堆中國大媽會來這兒排隊，光是受理報名就夠你忙了。」

「說故事，領紅包，這邊請。我會穿著旗袍在大廳等候的。」

「不過你剛剛那個故事，就贏他們太多了。我猜，你之前寫的老白，就來自那個吃檳榔的原住民大媽，花枝就是那個鳳眼女導演，對吧！」

沒有這樣畫線連連看的啦，大叔。但也不完全沒有，我頓了一下。

「也許有吧，但不完完全全照搬過來。應該是這樣，我每次想像一個人物的時候，就會去回想有哪些過往遇見的人，讓我感受到了與這個人物相近的東西。所以，如果那一個章節是一碗湯的話，她們的確都貢獻了幾滴。」

我說完大笑起來，高原不解。

「不好意思，我突然想到我繼母跟我說過的一個笑話。從前從前，在一個小漁村裡，有個私生活不檢點的女孩，她一向同時跟很多人交往。結果，有一天她懷孕了，她把小孩生下來後，回推懷孕那日，她跟三個男的都睡了。生父不詳，她只好讓小孩從母姓，然後把小孩取名為春海，用來紀念三個父親。」

「因為小孩誕生在春天的海洋？」

「錯了，春，是三人同一日。海，是每人一滴，一共三滴。」

「低級！」高原挺愛這一味。

「你現在知道國小女教員下課後在辦公室都在聊什麼了。」

「你至少還有個繼母說這些鄉野奇譚給你聽。玲玲……用錢買都買不到這麼寓意深刻的故事。」

很好，我們終於又繞回主題了。關於，仲玲自己與詐騙分子達成說故事換現金這個交易買賣。

「仲玲，或者說我們，過去每一本書的工作模式，差不多都是這樣，聽到了哪個真人真事，就由我去交涉，簽約付款，說我們要寫，她寫出大綱，發給寫手。我本來以為這次她是想要自己上網讓自己成為故事，沒想到，她還是直接跟詐騙集團交易了。」

「你的意思是說，你們早就鎖定哪些是詐騙了？」

「是的，非常容易，只要照片特別帥，什麼在香港金融業還是海關工作的，八成都是。現在，你可以把從馬翠翠隨身碟下載下來的對話紀錄帶回家去慢慢看，然後明天向我報告。」

「這是我的新任務嗎？」

「是的，最新任務，也是最後一項任務。」

回到頂樓小屋之前，我繞到超市去買了麵條、青菜、雞蛋和一些火鍋料，煮了鍋燒麵，盛出一個大碗公的份量，慢慢吃掉，留了半鍋給黎振宇。我覺得這是幫助我回到日常的方式，有一個木訥善良的好人，與我一起吃一鍋麵，睡一張床，接下來，順利的話，我還是可以找到一個好工作。

稍晚，當黎振宇吃著加熱過的麵的時候，我到屋外洗衣晾衣。黎振宇的牛仔褲口袋裡，有一張衛生紙忘了拿出來了，棉絮染了一缸衣服。這之前也發生過幾次，我拎著那揪出口袋內裡的牛仔褲，進屋，湊到他面前，死魚眼：「你看你！」

他馬上放下麵，起身，連說抱歉，說他負責把整桶衣服再洗一次。這也是每次的流程，我們之間的默契。但這並不是我或他達成的協議，而是好像，當意外事件發生時，我們就自動地選擇好位置。

這種雞毛蒜皮小事，在同居男女生活中必然經常發生，過去我和張寶基的模式是，我把牛仔褲拎到他面前，說：「你看你！」他會說：「看什麼看！你是負責洗衣服的人，本來就應該先掏掏口袋啊！」然後我們就會吵架，為誰去重洗衣服僵持不下，最後各洗各的，以至於最後也各過各的。

我是不信男女相處應該經營磨合、善用小把戲為情感加溫那套的，本性難移，說是為了對方改變其實都是在壓抑騙自己罷了。因此，眼前這個無色透明的黎振宇，是我要好好珍惜的吧。

我開了手機，把那例行該刪的簡訊刪去。

張寶基：最近可以見面嗎？

亮亮：不行。

張寶基：你是不是不想跟我見面了。

亮亮：是。

張寶基：好吧，那你想見我的時候就跟我說，我會馬上出現。

確定將上述訊息刪除嗎？●是　○否

基基以為他自己是神燈嗎？但我不需要許願了。

我出到外面，黎振宇已確認好每一個口袋裡皆無異物，洗衣機開始運轉。洗衣服時在口袋發現了什麼證據，為兩人之間的關係投下炸彈，這類芭樂的老掉牙戲劇情節，從來沒有、未來也不會發生在我們兩個身上。

洗衣服就是洗衣服。不須提心吊膽、爾虞我詐、推理蒐證、臥底跟監的生活，多麼美好。仲玲出現在我生命中的意義，是要我認清這一點吧。

我走過去，從背後擁抱黎振宇。他蓋上洗衣機蓋，兩隻手抓著我的兩隻手。

「我這個工作快結案了。」

「喔，你有想去哪裡放鬆一下嗎？」

「你說呢？」
「金瓜石？還是墾丁？」
「沖繩？還是關島？我們都沒有出過國耶。」
「好啊，那你決定就好。」
「我們就這樣抱到衣服洗完好不好？」
「應該還有別的更好的事可以做吧！」
他牽起我的手進屋，我們直接上了床。

確認我自己還是可以當一個盡責的笨笨的容易滿足的普通女友，我便可以拿出那一疊列印文件，繼續做我沒做完的工作。

前面，將近一週或兩週的時間，程明偉對亮亮密集噓寒問暖，亮亮也由被動到主動，幫他做了心理測驗，讓兩人情感加溫。後來兩人互相說著一些甜言蜜語，偶爾叫一下老公老婆。這些與網路上那些被害人實錄並沒什麼不同，終於，來到關鍵那日。

明偉：老婆，我們已經是互許一生的人了，我的就是你的，對不對？

亮亮：對。

明偉：那我一定要把世界上最好的事情跟我老婆分享！今天我的主管跟我說一個天大的秘密，我們公司在辦抽現金活動，那你也知道這種抽獎都是內定的嘛，我主管說這次輪到我了！第一大獎是十萬塊美金。但是手續上，要先把百分之十的稅存到銀行，我最近剛剛借了我妹妹一大筆錢買房子，手頭有點緊……

亮亮：好，一萬塊美金嗎？給我銀行帳號，我匯給你。

明偉：真的！老婆你真是太好了，我就知道你最愛我了。等到這十萬塊進帳，我就去台灣找你，分一半給你。我的那一半，我們拿來遊山玩水！

明偉傳來圖片。（一個戶名為程明偉的銀行存摺）

明偉：老婆，今天收到錢了。太好了，再等幾天，十萬美金就要入帳了。

亮亮：那我也跟你分享另一個天大的秘密。你知道我在出版社工作嘛，我的主要工作就是幫作者找故事寫，所以，如果你手邊有什麼刻骨銘心的故事的話，請跟我說，我會請公司高價購買。

明偉：這，價錢怎麼算呢？

亮亮：一個故事一萬美金起跳，如果夠精采，還可以再往上加碼。

明偉：那我需要讓你抽成嗎？還是……

亮亮：你不是才說，你的就是我的嗎？

明偉：是這樣說沒錯，但我還是要保護你嘛！我怕你被出版社騙了。例如說拿到的錢還要上繳什麼的。

亮亮：不需要。你已經收到第一筆錢了，你就老老實實地跟我說故事吧。

明偉：欸，可是那一萬塊美金，是用來繳給公司獎金的稅金的。

亮亮：好，沒問題，你要分得這麼清楚，我就再給你一萬。

（以下間隔五分鐘）

亮亮：我用網路銀行轉過去了，收到了嗎？

明偉：嗯。但是我覺得現在變得有點奇怪。

亮亮：怎樣奇怪？

明偉：好像我們之間是在交易買賣，而不是在談戀愛了。

亮亮：騙子先生，你跟我談戀愛，不就是為了要我的錢嗎？我現在還是付錢給你，但我不需要談戀愛，我需要故事。

明偉：你不會是警察在臥底吧。

亮亮：警察會給你錢嗎？而且還給了兩次？

明偉：其實從一開始你說不喜歡語音通話，我就有點懷疑了。正常來說，一般的女的都急著要語音，甚至要視訊。

亮亮：我倒是從沒懷疑過你。

明偉：真的？

亮亮：當然。我一開始就相信你是千真萬確的騙子。

明偉：那你跟一個騙子買故事，不怕買到的故事是假的啊？

亮亮：故事本來就是假的，不是嗎？

明偉：也是。

亮亮：你放心，我不會去報警。你跟我都有不能公開身分的壓力。

明偉：是啊，我們都是天涯淪落人吧。

亮亮：所以，你就快說吧。

接著，程明偉跟亮亮說了一個「我這條命是翠翠給我的」的黑道喋血亡命鴛鴦傳奇。程明偉的本名叫何天盟，他在鄭州混過黑道，在一次的浴血火戰之中，氣管被割了好幾道，他那時都看到閻羅王來接他了，但是和他從小一起長大的女孩馬翠翠衝到了醫院，給醫師下跪，要醫師全力搶救，還把身上幾乎一半的血都輸給了他。他醒來的時候，翠翠已經又回周口採麥子了，回到她丈夫與小孩的身邊。所以，他發誓只要能過好日子，一定要把翠翠帶在身邊。

我不知道這故事有沒通過仲玲的標準。但是，後來，仲玲又付了一次的錢，得到了「彎彎部屋的故事」。

彎彎，是他從事詐騙以來，唯一真正動心的女人。彎彎是一個台灣人，失婚婦女，在北海岸開了民宿，就叫彎彎部屋。彎彎非常溫柔且順從，不會像別的女人一樣問東問西，要她傳裸照她就傳，要她匯錢她就匯，也從來不問他們的未來。因為這樣，反而讓程明偉不忍心了，問她：「你真的相信我嗎？」彎彎回以：「當然相信。」程明偉再問：「為什麼？」彎彎答：「因為你會關心我，說你愛我，陪伴我，這是我長期渴望的關係。」

「她把我當作色情電話服務了，我不能讓她越陷愈深。」程明偉說，他停掉那個帳號，從此消失在虛擬世界中。

亮亮：你騙彎彎的那個時候叫什麼名字呢？

明偉：連這個都要問，你們大作家隨便編個名字不行嗎？

亮亮：你說還是不說？

明偉：丁亞東。

「好啦，現在真相大白啦。」我用又說又演的方式，完成了對高原的報告。

「用你的話說，現在我們終於知道，他們為馬姊的家這個故事各自貢獻了幾滴。」

「我只是不知道，仲玲故意把這些名字炒成一鍋的用意是什麼？或者說，她先把他們燴在一起之後，要我來拆解，分析出有哪些原料、哪些佐料。」

「你做得很好，不是嗎？我被仲玲騙了，她一直營造出她跟騙子談戀愛談得火熱的假象，我完全不知道，她其實在跟騙子做故事交易買賣。」

「她之前每天跟你報告進度嗎？」

「嗯，大概就是我問她，順利嗎？她對我眨眨眼，比個ＯＫ的手勢。我剛剛上去看她的時候，也這麼對她做。一切都ＯＫ了，呵。」高原嘆口大氣。

我登入那交友網，準備把這個已不再具任何意義的身分給終結掉。程明偉丟來訊息：

明偉：謝謝你們照顧翠翠。愛你。

「嘿，這人沒完沒了哩！我再跟他玩一下，當作最後的告別。」

高原也湊過來看。

翠翠：我不懂，既然我們只是故事的交易買賣，你何必一天照三餐說愛我。

明偉：我只是怕，錢是靠不住的，還是要有愛。你懂嗎？

翠翠：所以你相信愛？

明偉：當然。這是上級教導的，如果我們都不相信愛，怎麼用愛去騙人呢？我們事先寫的劇本，都必須先騙得了自己，才能騙別人。

翠翠：很好，受教了。那麼，你之前不斷傳來「我在騙你，但我真的愛你」，又是怎麼回事？

明偉：哦，那個啊，那個我們的專有名詞叫「連發子彈」。用在已經被客戶發現我們是騙子的時候，只要把「我在騙你，但我真的愛你」連環發射，她就不會去報警，而且還有可能再上鉤第二次。不過這些都不是重點，重點是要讓她們還願意相信愛。

翠翠：相信愛的話，就可以再被騙第二次？

明偉：應該是這個意思。

翠翠：那個從廈門大學寄來的禮物也是？

明偉：是啊，上級叫我們要每個人從過去的對話紀錄中，去找一樣最能讓對方刻骨銘心的禮物。大部分的人都是寄戒指，超俗，我還蠻厲害的吧？那個白色方塊。

翠翠：呃，是的，很像不知道要拿來幹嘛的文創商品。好了，我的任務告一段落了，我要註銷這個身分了。

明偉：一路好走。

翠翠登出。

我接著到設定頁面，按了「註銷此帳號」。系統像個被分手男友一樣，要我通過一堆問卷調查，才准走人。

您對我們的服務感到不滿意嗎？○是 ●否
您已經找到人生的伴侶嗎？○是 ●否
您會推薦本站給您其他的單身朋友嗎？○是 ●否

最後，好不容易出現：

您的帳號已註銷。您隨時都可以回來，我們將以最優惠的方案服務您。
祝您找到幸福。

「再見啦，翠翠。再見啦，明偉。」我如釋重負。
「接下來有什麼計畫呢？」高原問。
「我會和我男朋友去熱帶小島度假幾天，然後，可能找個工作吧。」
「很好。」
「我突然有個想法。你不覺得也許從頭到尾都只有馬翠翠一個人在自導自演嗎？說不定在她大媽那層外表底下，是穿著皮衣皮褲的舒淇或林熙蕾！她現在繼續去騙純情男兒了呢！」我說。

「我也想過。但是，事實卻不是這樣。」高原說。

他拿出手機，秀給我看幾張照片。

「昨天馬翠翠走後，我找了個朋友跟蹤她。結果她走出巷子之後，和另外一個男的會合，他們上了一台租來的車，車子開到北海岸，兩個人住進一家民宿。」

「彎彎部屋?!」

高原點點頭。

照片是從行進中的車子拍的，因長鏡頭加上晃動，模糊不清，可是看得出來馬翠翠和那男的一路有說有笑，時有親暱互動。最後一張，是他們停在民宿前，進門。而那民宿的偽歐洲風，與我想像中的馬姊的家一模一樣。

「所以，他們跟彎彎部屋是同夥囉，是這樣嗎！我找到的資料裡面，有一些被害人的確後來被吸收成為詐騙集團分子！」我激動地說，一邊找到訂房網頁上的彎彎部屋的電話。

我拿起手機，隱藏好號碼。「怎麼辦？我現在應該打給警察局，還是打到這詐騙總部去？」

「我派去的那朋友就是警察。他在外面守了一夜，看不出異狀。他們是同夥的可能性不大，我想有兩種情況，一種是這個程明偉想跟他的彎彎相認，然後騙走更多的錢，但是他帶著個拖油瓶馬翠翠幹嘛呢！另一種是，他純粹不動聲色地，來看看他的網戀女神……」

「不管了，沒有行動，就沒有結果！」我撥出電話，轉到擴音，屏息以待。

「喂，彎彎部屋你好。」一個溫柔的女聲。聽不出來是不是就是彎彎。

「呃，你好。我想要找一位住客，她叫馬翠翠。」我裝出了我也不知是哪個省分的口音。

「欸，沒有這個客人哦。昨天入住的嗎？」

「是，跟一個男士一起……所以也有可能是登記男士的名字，男的應該是叫……何天盟？」

「也沒有耶。」
「那有沒有任何大陸籍的一對男女入住？我可能是記錯他們的名字了。」
「小姐，你不知道你要找的人叫什麼名字，是這樣嗎？連姓都沒有嗎？」
「呃，是的。」我完完全全不會說謊。
「那恐怕我幫不上忙哦。」
「啊！我想起來了！男的應該叫丁亞東！」我急中生智。
「抱歉，再見。」
電話被掛掉了。我自作聰明。唯一確定的是接電話的人是彎彎本人無誤。
高原事不關己似的偷笑。我斜眼看向他，「換你了。反正玩一下又不會少塊肉。」
高原清了清喉嚨，再打了一次。
「喂，彎彎部屋你好。」賓果，還是彎彎。

「你好，這兒是三芝分局，我們懷疑昨晚入住貴民宿的一對男女，可能是通緝犯……」

「我覺得你們才是詐騙集團吧！要抓人就過來啊！少神神秘秘的！」彎彎再次掛上電話。

詐騙集團真的不好當。我與高原面面相覷。

「我有次接到什麼信用貸款的電話，她一開頭，我很快地說了一句：對不起我沒興趣，就掛掉了，那女的又打來，我接都沒接，直接按掉，她不死心，再打，我又按掉，她繼續打，我接起來，說：小姐你到底要幹嘛?!她說：你沒興趣也不要掛人電話！然後就用比我還快的速度掛掉電話！」我回想仍牙癢癢。

「我的比較爆笑。一個男的打來，邊笑邊抖說：先生，我們要通知你中了第一特獎。然後就自己笑場，說：抱歉抱歉，我今天第一天上班，我會再練習的。我說：請加油。」高原仍是冷面笑匠。

詐騙當茶餘飯後都無傷大雅，現在是我們要選擇與它多近的問題了。

「現在，怎麼辦呢？」我問。

「今天是你上班最後一天，你決定吧。你可以下班，也可以要求老闆我陪你出差。」高原一邊在手機上打著訊息，一邊答話。

「我們去北海岸吧！」

「好，走吧。警察的車已經在樓下等我們了。」

所謂的警察的車，是一輛保時捷房車。高原坐前座，我坐後座。駕駛，我見過一次。高原的男友。

「對不起啊，亮亮，上次是我沒禮貌，沒好好打招呼。」駕駛轉頭，語氣爽朗。「欸，你幫我介紹一下吧。」他對高原說。

「他叫勇伯阿，我的鬥陣欸。老警察兼老gay一枚。」

「勇伯您好。」不管是不是gay，是不是警察，我知道對長輩只要有禮貌總不會虧到。

這是我和勇伯第二次見面，我覺得自己像在看電影。好像他每次出現都會是不同角色，應劇情需求。

我可以看到每次停紅燈時，高原的手就過去握住勇伯的手。這是我上班的最後一天，我坐在一對中老年同志伴侶的車子裡，像一個女兒陪著兩個父親，而我們要去北海岸抓壞人。

車子停在彎彎部屋前，彎彎走出來的時候，我就知道了。終於，我找到了我的馬翠翠，我來到仲玲的小說裡了，彎彎，一整個是年輕時的劉瑞琪。微鬈的中長髮、俐落的白襯衫袖子半捲、腹間打褶的黑色立挺褲裙。她是馬姊無誤。

勇伯顯然運籌帷幄，他已經要與彎彎相熟的三芝管區來打好通關。三芝小警察也稱勇伯為勇伯，看來勇伯在警界無人不曉。我們一進去，小警察便遞上兩張影印的中國籍身分證，是他剛剛向彎彎要來的。

「這是昨天晚上唯一一對入住的大陸籍客人。今天早上退房了。」我們三人一起看。女的叫邵薇薇，男的叫郭亮，江蘇人。我與高原對看，知道追了也是白追。他們身上應該有一百張假證件。

「請問你們昨晚有任何財物損失嗎？」勇伯問彎彎。

彎彎搖頭。

「這一對客人，有沒有什麼異於常人的舉動？」

彎彎再次搖頭。「他們很客氣，很純樸。」

勇伯這時退到屋外，去接了一通電話，回來時低聲跟我們說：「租車行那邊也去查了，一樣的名字和身分證，一切正常。那，還要查嗎？」

我想對彎彎說，他就是騙了你很多錢和裸照的丁亞東啊！他來看你了！你什麼都沒感應到嗎？還是你在說謊呢？其實你們昨晚就相認了！

但彎彎一如我想像中的小說裡的馬翠翠，眼眸澄明，什麼都不藏。

勇伯對彎彎一鞠躬，「對不起，我們擾民了。應該是線報錯誤，老闆娘，謝謝你。」

我們一無所獲。唯一收穫是我看到了小說裡的人出現在現實生活中。我以為這會是漫長的一日，勇伯會開著保時捷繼續載著我和高原去追那一對鴛鴦大盜，但是，當我回神的時候，車子停在基隆車站前。

「亮亮，你自己搭車回台北，沒問題吧？」高原轉頭問我。

「你們，你們不回去嗎？」我問得有點失禮。

「嗯，有個朋友在八斗子開海鮮餐廳，我們想順道去拜訪他。下次……下次有機會再帶你去。」高原說。

我當然知道這只是客套之詞。下次。有機會。兩個不確定的詞彙組合在一起，意思就是莎喲娜啦。

我向他們說過謝謝，跨出車門，如註銷一個帳號。那好聽的引擎聲，消失在交錯的夜燈中。多麼適合離別啊，在這港灣的火車站。這就是這整份工作的句點嗎？我和馬姊的家、我和仲玲、我和高原、我和何天盟馬翠翠、我和彎彎的句點了嗎？

一個月或更久之後，某日，高原再次寫信給我，說有個新工作，要我再次去公司洽談。我去了，駕輕就熟地換證刷卡，我進到七樓的辦公空間，卻空無一人。我喊了幾聲，連外傭都不在，我試著推開隱形推門，順利開了！我憑記憶進到那通往頂樓的電梯，刷卡，再次來到高原與仲玲的起居空間。

所有的門都是開的，宋小姐不在，仲玲曾經躺著的床，也是空的！周圍的裱框照片倒是還在，床的周邊有點凌亂，被單堆在角落，像等候被丟棄或消毒。我好像知道發生了什麼事。我的手機在包包裡，我的包包在七樓，我要下去打給高原！

我倉皇地下樓，高原進來了，手裡捧著一個罈子，眼睛是腫的。

「仲玲走了。」高原不等我問。「我照她的遺囑，把這兩層樓留給你。」

「我?!為什麼?!」我不可置信。

「等一下律師會來向你說明。」高原冷靜而冷漠。我想他是悲傷過度。

律師和她的女助理進來了，解釋著我聽不懂的贈與稅。但是，從這兩張清秀的知性的臉上，我突然看出了什麼。

「等、等一下！你們兩位……你們根本就是樓上的仲玲和宋小姐啊！」這在玩什麼角色扮演呢?不斷說話的律師是宋小姐，只是從看護衫換成了黑白套裝，不斷點頭和幫忙蓋印章的助理，就是之前理著平頭、穿著睡衣的仲玲啊！

女律師橫瞪了高原一眼，說：「你看吧，我就說亮亮精得很，叫你多花兩個臨演的錢你就不要！」

高原哈哈大笑，「不是我不花錢，是現在優秀的臨演難找啊！」

我抓著曾經演仲玲的那個演員，「到底是怎樣?仲玲到底在哪?」

 237

「在這裡。」高原指指他自己。「我就是仲玲。記得嗎?我曾經跟你說過，你沒見過仲玲，說不定我就是仲玲啊，但那時候你不信。」

「可是，那些照片，那些影像呢?!」

「是我去拍和外景小組去拍的啊。」今天演助理的那個女的說話了。

「所以，這一切都是假的?那，那勇伯呢?」

「勇伯，他是我哥。」高原說，「但我一樣要付他錢。」

「那之前那些，馬翠翠、何天盟、彎彎也都是你找來的臨演?」

「不，他們不歸我管。記得嗎?是你找上他們的。」

「所以，你們都是假的，他們才是真的?!是這樣嗎?」我急得哭起來了，豁出一切放聲大哭。

「如果你要這麼想的話。」高原仍平心靜氣地回答。

「但是，你為什麼要這樣整我?!我明明一直很認真地為你工作啊?!」

我已經分不清楚，自己的眼淚是害怕、悲傷、抑或是委屈。

「因為，」高原說：「我在騙你，但我真的愛你。」

「你騙人!」我聲淚俱下，像個與控制狂母親鬧革命的青春期叛逆少女。但我從未有過這時期，因為在那個年紀我已經沒有母親。「你們都騙人！你們都是騙子！」我又退化成兩三歲不受控制的小小孩，躺在地上揮舞拳腳，只想哭到虛脫。

那兩個女臨演，過來強壓住我，像精神病院的強壯女護士，但是她們發現抓不太住我，因為我渾身是油，他們的手上也都是油。這不是重點，重點是我根本赤身裸體，身上連件三角褲都沒有！

「用浴巾吧！」其中一人竟然用英文說。

我感覺自己被大毛巾包裹住，像隻落水的小貓。然後，毛巾之外，是溫暖的擁抱。一個好聽的聲音，用英文對兩個女的說：「沒事，沒事，她只是作噩夢了。」

是黎振宇，一樣，全身光溜溜的黎振宇。

我醒過來了。認出了時間方位，我和他在峇里島的按摩中心私人房間做著SPA，那兩個大媽是我們的按摩師，穿著花布傳統服飾，剛剛那一陣混亂，她們耳鬢間的雞蛋花竟然都沒掉，臉上也還帶著這島嶼專屬的笑容，純真慈善。

「還想按嗎？」黎振宇問我。

我搖搖頭。

我們各自沖澡，穿上衣服。黎振宇去結帳，我覺得丟臉極了，站到門外去等他，刺眼的陽光從芭蕉葉間灑落，我覺得腳丫有種空空的感覺。低頭看，是夾腳拖斷了。

黎振宇出來，直接把他拖鞋留在地上給我。「把這雙丟了，穿我的吧。」我把腳伸進過大的夾腳拖裡，跟著赤腳的黎振宇走出院子。

他手上晃著兩張招待券，邊走邊說：「經裡說我們隨時都可以再來補按。他們說很多客人都會在按摩的時候睡著然後作噩夢，那其實是在清除壓力，他們覺得很正常。你可能之前壓力太大了。」

他難得一次說這麼多話。

「對不起。」我小聲地說。

「幹嘛?不過只是作了噩夢啊。」

他總是這麼純淨善良，不帶任何情緒。但我必須搞清楚這噩夢完完全全是假的，回到旅館後，我發了郵件給高原。

亮亮與高原的通信

寄件人：陳亮穎

收件人：高原

主旨：來自亮亮

Hello, Dear 高原：

　好久不見。我正和我男友在峇里島度假，這兒很恬靜，像是可以療癒一切。昨天晚上，做完一個很深層的頌缽按摩之後，我作了個噩夢。夢裡，仲玲過世了。不，應該是說，仲玲不存在，而你就是仲玲。

您有一封新郵件 來自高原。○略過 ●打開

您的郵件尚未寄出 ○儲存 ●刪除

寄件人：高原
收件人：陳亮穎
主旨：祝福

哈囉，姑娘：

好久沒有聯絡了。仲玲在上個月中旬離開了我們，一切低調，已經火化。勇伯退休了，我和勇伯現在正在機場，我們要帶著仲玲的骨灰去日本，讓她和她母親在一起。然後，我們會直接從日本到美國去，大概，不會再回台灣了。

謝謝你過去這幾年的幫忙。請繼續寫哦。你是能寫的，請永遠永遠記住這一點。

高原

寄件人：陳亮穎
收件人：高原
主旨：Re：祝福

Dear 高原：

我想有您在仲玲老師身邊，她一定走得平靜安詳。很感謝您過去幾年的照顧。我會加油的，也祝福您平安順心。

亮亮 敬上

系統訊息：

由於收件人的電子郵件不正確或已停用，您發送的以下郵件無法送達。請查明後再寄送。

寄件人：陳亮穎
收件人：高原

主旨：Re：祝福

Dear 高原：

我想有你在仲玲老師身邊，她一定走得平靜安詳。很感謝你過去幾年的照顧。我會加油的，也祝福你平安順心。

亮亮 敬上

9. 彎彎與丁亞東

陳亮亮從沒想過，再一次進到那屋子裡，是那麼快的事。連一點時移事往啊、人事已非啊，都喟嘆不出來。

那是高原捎來仲玲的死訊之後兩個禮拜，她和黎振宇住的河岸社區，又有人跳下來了，她想，搬家吧，另外找房子吧。而這次她的目標是河的另一邊，她上租屋網瀏覽物件，那打在首頁強力推薦的，便是她前段時間日日進出的「隱」，七樓。

鬧中取靜，兩戶打通，帝王座向，獻給品味非凡的您。每月租金是她與黎振宇的預算上限後面加個零。

陳亮亮和仲介約了週日午後去看屋。因為她知道那天的值班管理員與平日不同，省得尷尬。她不知道該穿什麼才會像租得起這房子的人的樣子，仲玲的小說指示了，她也見過北海岸民宿老闆娘彎彎真人示範的樣本：白襯衫，黑寬褲。還好這兩樣東西在Uniqlo都有。

為了看屋去買一套新衣，並且穿去的時候，發現自己看起來就像另一個仲介同行，蠢斃了。陳亮亮想，到底白衣黑褲怎麼穿才不會像抱著物件資料夾的仲介或抱著訂位表的餐廳領班。有機會的話，她要再去看一次彎彎，她想。

意識到自己的樣子太不稱頭了，她快速反應想了個說詞：「這，不是我自己要住的，我在外商公司上班，擔任董事長特助，董事長請我找可以給國外主管來長住時的公寓。」

仲介很專業，不會管你是什麼來歷，至少在簽約之前。

「哦，那這裡很適合，屋主也都長年在國外，都是委託給我們公司管理。」

她裝作沒來過，讓穿白襯衫黑西裝褲的女仲介領她刷卡上樓。陳亮亮曾想像，會不會來一個像白阿姨一樣的仲介大姊，但顯然現實沒有照仲玲與她寫的小說上演，這女仲介平凡無奇，僅是一個陳亮亮人生中的臨時演員。三十來歲，不是菜鳥也沒多資深，不討人厭也不討人喜歡。

鎖，換過了。陳亮亮一樣一樣與記憶中比對。門打開了，一片淨白。回推時間，如果在她最後一次離開這屋子之後，高原就開始打包，那也不過就一個多月前的事，但是，房子竟然已經一點痕跡都沒有了。

空無一物，書櫃、沙發、長桌都不見了。裝潢的隱形拉門、牆邊飾條、甚至窗簾桿，全都打掉了。不但拆除清運了，還重新打磨粉刷過了，四面皆白，整間屋子純淨得像沒有人住過，沒有人踩過。

如高原說過的，仲玲的腦袋。

「以前住的是什麼人呢？」陳亮亮繼續臥底。

「以前喔，好像是租給一個作家當工作室，所以很有文藝氣息的！你看，走進來氣場就不太一樣有沒有。」女仲介開了窗，讓空氣流通。

很好，一切似乎都還貼合著真實世界，陳亮亮所知道的真實。

那些家具、那些裝潢呢？也許高原委託給這家一條龍公司全數毀滅歸零，也許高原還給房東之後，房東希望毫無痕跡。重整一戶房子也就像重整一個硬碟那麼簡單，刪除，格式化。

那麼，十一樓呢？

「請問，這一棟就只有這一戶在租嗎？」陳亮亮已學會不帶痕跡地發問。

「呃，目前是這樣……」女仲介說。

啊，我老闆的幸運數字是11呢，如果有11樓就好了。如果這麼說會不會太白爛，陳亮亮想著如何開口。

「還有一戶，但是可能要等一陣子……」女仲介說。

「現在可以看嗎？」陳亮亮踩住時機。

「可以是可以，但是，屋子裡還有一些東西……怕會影響到你看的印象。」所以到底是想給我看還是不想給我看?!仲介最會這招了。欲擒故縱，吊胃口，拉抬行情。

「不會啊，反正，我相信你們最後一定會弄乾淨的。」陳亮亮加重了乾淨兩字，顯示自己好像是老江湖女秘書，「再說，也不是我住啊！」她俏皮一笑。

女仲介了了。她也希望房子盡早租出去，最好是還沒整理乾淨前就有人要，這樣她就省得夜長夢多了。何況，是個不太乾淨的房子，你知我知，天時地利，租給一個不是要自己住的人，說不定讓這女秘書抽點佣金，可以加速成交。

「好吧，我帶你上去看。」女仲介關上了剛剛打開的窗，往外走。

亮亮納悶，她不動聲色看向原本內梯的位置，現在，是一堵牆了。她們出到公共的梯間。亮亮覺得，她在這屋子的記憶，也許就像那被封住的內梯一樣吧，無人知曉。然而，知道這座與她無關的房子的秘密，就像知道學校哪棟學院大樓以前是墳場一樣，又怎麼樣呢？學校有鬼屋還可以和同學打打屁嚇唬彼此，但這座房子裡發生過的事呢，她只能自己當紀念吧。

十一樓會有什麼還沒清完的東西，仲玲換下的睡衣、從身體抽出的管子、尿袋點滴袋、污穢的床單、還未運走的病床？

「生老病死，本來就很自然嘛！」女仲介說：「而且其實這個房客是生病自然死亡的，也沒什麼不乾淨，我們就把她當成家人一樣看就好啦。」

我還知道，她是英年早逝，腦血管瘤爆裂變成植物人躺了幾個月才走，如果我所認知、所被告知、所親眼見過的，是真的。陳亮亮想。

十一樓到了，必須由外面開門進入，不是以前電梯門一打開，就來到室內。這個入口，陳亮亮是陌生的。

門，開了。

陳亮亮驚嚇得說不出話來。

太，美，了。

整間屋子與七樓一樣，已經重新清空粉刷、乾淨得毫無痕跡了，不一樣的是，地板上擺滿白色芳香蠟燭，燭光搖曳，沒有一點悼亡或追思的感覺，根本浪漫得可以當峇里島Villa求婚場景。

女仲介沒發現陳亮亮被感動了，自顧自說著：「我們有請老師來看過，這裡很乾淨，代表走得很平靜，這些蠟燭喔，是前房客堅持要做的，點滿四十九天就可以全部清掉了。他付錢請阿姨每天來顧耶，真是有錢。」

女仲介終於發現亮亮沒說話，停下話。「怎麼樣，小姐，你會怕嗎？」

「不，我不怕，很溫暖。」亮亮任眼前無數燭光照進她的眼睛，「你呢？你每天來，不怕嗎？」

「我哦，我才不怕咧，我又沒有要害人騙人，我最重要的事，是要把房子租出去，賺到佣金！我就看著這目標就好了，沿途的荊棘啦、小人啦、妖魔鬼怪啦，都奈何不了我。」

亮亮開始覺得這仲介有點意思了，但她怕來顧燭火的阿姨是之前的外傭或看護，不宜久留。她速速道謝，說會呈報給公司，留下一個假電話，走了。

走出大樓時，亮亮才覺得完完全全告別仲玲和高原了。她甚至知道高原的用意，他不是在送別，而是在幫仲玲慶生，那些都是生日蠟燭。也許幾天以後，滿四十九日之時，一個重新誕生的仲玲就會來把它們全部吹熄。

對陳亮亮來說，仲玲，先是一個email上的署名，那個會適度鼓勵讚美她、明確給她修改指令的人，後來，變成了優雅但虛弱的植物人，癱掛在病床上，吃喝拉撒皆不自主，再後來，又變成交友網站裡，那個與詐騙魔鬼交易故事的人，強勢幹練，拿錢往詐騙分子臉上打。

直到剛才，陳亮亮才在那滿室燭光中，得到一點寬慰。但她已不想去追仲玲到底是誰，她只在乎她真的存在。

但是，仲玲為什麼會得到這樣的「報應」呢？因為假借陳亮亮的身分去騙了騙子，又拿錢去買了那些純情善良的女孩的故事？

善惡如果有這麼簡單就好了。若惡人戲劇化猝死是現世報，那為什麼陳亮亮的媽媽，也遭受這樣的命運。

曾阿姨為陳亮亮跑路的老爸變賣金子，又回娘家四處向親戚借錢時，曾經對亮亮說：「我現在真的很羨慕你媽媽，她真好命，一定是老天爺看到了這一天，提前把她領走了。」

「那你去站在馬路中間被車撞啊。」陳亮亮當時肆無忌憚地回。

「如果可以，我也想！你自己聽聽看你說這什麼話，如果沒有我，你跟你兩個弟弟怎麼長到今天……」曾阿姨一發不可收拾。

每次要好好討論一件事情，沒兩下樓就歪了，我們要討論的是「早死是福報嗎」這種嚴肅深刻的生死話題，為什麼一下又來到「如果沒有我」的無限迴圈。

陳亮亮只能逃。就一個沒什麼責任感的長女而言，她是感謝曾阿姨的。

當好人早死時，我們說「好人不長命」，當壞人早死時，我們說「惡有惡報」，當好人長命時，我們說「好心有好報」，當壞人長命時，我們說「禍害遺千年」。到底怎麼活，跟怎麼死，有關係嗎？

陳亮亮想起她寫過的，馬翠翠和丁亞東那段二元論，她覺得自己寫得真好，她期待被仲玲誇獎，但並沒有實現。「將胖瘦，真假，善惡，生死冶於一爐，去提煉出至真至善。」她自己還設想了仲玲應該會給她這樣的褒獎評語。

幻想與現實，也是二元。接下來發生的事，再一次把陳亮亮重重丟回現實。

那個早晨，陳亮亮在打包，他們已經找到高速公路邊一房一廳的狹長老公寓三樓。黎振宇起床刷牙洗臉滑手機，突大喊：「哇靠，飛機撞計程車，太扯了！」陳亮亮湊過去看，一架飛往金門的客機，由松山機場起飛後幾分鐘，即失速墜落，擦過快速道路，墜入基隆河，斷成兩截。

他們如一般民眾一樣，關心一下總傷亡人數，失事原因，搜救情況，重看了幾次模擬動畫，便過各自的日常生活。

到了中午，亮亮接到曾阿姨的電話，劈頭問：「亮穎，你看電視了嗎？」

「看了網路新聞了。」

「那你看到你爸了嗎？」語氣倒沒有悲傷或焦急。

我爸？陳亮亮心一沉，來了，這一天來了。

「我爸在飛機上？」亮亮深呼吸。

「不是啦，你爸上電視了！他是沒坐上飛機的那個人，他本來想在松山機場等下一班嘛，結果飛機就摔下來了，電視都在採訪他，說他福大命大……」

等、等一下，我爸不是被鬼拖去在大陸跑路，怎麼現在說得稀鬆平常好像一個經常小三通往來兩岸的正直台商？

「我爸，什麼時候回來的？」

「他就這幾個月啊，他說事情都解決好了，現在幫一個朋友看工廠。」

「阿姨，你確定他不是在幹詐騙集團齁？」

我爸回來全家團聚沒告訴我，上電視才跟我說，看來我什麼話都可以亂講了，陳亮亮想。

「你不要開玩笑了，好啦，你沒事就好。」

兩人掛了電話，沒頭沒尾的一家人。疏離至此，陳亮亮也不覺得難過。她也沒馬上以「福大命大，躲過一劫」為關鍵字搜尋新聞，但她倒是打算中午去樓下那家一定會放電視新聞的自助餐店吃飯，有緣的話，與父親隔著螢幕重逢。

這也許是她爸突然又如幻影出現一下的意義了，如果每個事件都有意義的話。她看著螢幕裡陌生的爸爸（字幕：台商　陳先生）對記者說：「齁，一定是老天爺有在保佑，我打算下午去拜拜。」陳亮亮不由得從鼻子笑了一聲，拜誰呢？拜我媽嗎？

螢幕上接著跑出最新更新的乘客名單，陳亮亮順便瀏覽了一下，大驚！

馬翠翠（陸）

何天盟（陸）

馬翠翠這名字，一定每次都要用這麼戲劇化的方式出現嗎？如果是他們各自單一個名字，陳亮亮還會覺得是同名同姓，但兩個一起出現，一定就是他們！那個來仲玲工作室說完故事領完錢，和何天盟一起去北海岸窺伺詐騙獵物彎彎的馬翠翠！

天啊，我見過這個人，然後她現在坐在飛機裡栽進水裡了。他們手上應該隨時有一疊假證件，今天決定坐飛機時正好隨機採用這一組，或者這就是他們真正的名字呢？

陳亮亮現在該怎麼辦？報警？不，不需要，他們不管在水裡還是在岸上，甚至在太平間，身邊已經都一堆警察了。直接跑去現在螢幕上那滿是搜救人員的河堤邊，說飛機上有一對詐騙鴛鴦，他們的行李裡可能有幾百萬詐騙贓款，有行騙的電腦電話，有一大堆假身分證件！

陳亮亮又等了一陣，同時刷著手機，這兩個名字，不在生還者那一列，也不在罹難者那一列，而在「失聯」。生死不明。

她要告訴誰呢？高原？怎麼找到他呢？亮亮速速在手機上寫了一封email，不，只能說是訊息：「您看見空難的新聞了嗎？馬翠翠和何天盟在飛機上。」寄出，與上次一樣，馬上反彈回一個郵件位址錯誤的訊息。媽的高原才是神鬼無間的詐騙集團吧。

現在怎麼辦？像個好事的鄉民一樣挨到那河岸邊看熱鬧，然後等著搜救人員把馬翠翠撈上來的時候撲上前去大叫：這個人！這個人是詐騙集團！她是用小三通往來兩岸收錢的車手！

但她可能已經沒了呼吸，可能浮腫，可能全身沾滿爛泥。再說，證據呢？

不管了，陳亮亮坐不住了！她搭捷運又換公車，又走好長的路爬上河堤。但她根本不敢再往前一步，河上的機身殘骸、橡皮艇、全套潛水衣鑽進鑽出的搜救人員，岸上的救護車、媒體與招魂的人。算了，我不該來的，陳亮亮想，她快步從堤岸的階梯往外走，裝作一個不知發生什麼事誤闖河岸散步的附近居民。

她在樓梯上與一名修女擦身而過，修女喃喃唸著：「天主會帶領你，願神與你同在。」陳亮亮對她點頭，面露哀矜，雖然她一點信仰都沒有。修女從布兜裡拿出一張傳單，遞給她。亮亮原本不想拿的，但在這生死交關場合，沒有人有餘力拒絕任何人任何事，再說只是舉手之勞。亮亮接過，修女再次重複：「天主會帶領你，願神與你同在。」

亮亮坐上公車，才把那對摺的單子打開來看。上面寫著：

如果你仁慈，別人可能會污衊你別有所圖，但無論如何，要仁慈。

如果你誠實，別人可能會欺騙你。但無論如何，要誠實。

如果你找到快樂，別人可能會嫉妒你，但無論如何，要快樂。

你今天做的好事，可能明天就被忘記，但無論如何，做好事。

將你所擁有最好的部分給這世界，它也許永遠不夠，但無論如何，給出你最好的。

因為，到了終點，這是你與神之間的事。

這從來都不是你和別人之間的事，無論如何。

——德蕾莎 修女

陳亮亮只帶了一個裝幾百塊錢和悠遊卡的小錢包出門，但是她知道她必須再去一趟那個在北海岸的民宿，無論如何。「因為這從來不是我和別人之間的事」，她想，如果彎彎問她為什麼來，她就要這樣回答。

她到達時已經近黃昏，彎彎部屋今天顯然沒什麼客人，彎彎今天穿著一襲米色針織長版洋裝配白色緊身褲，如日文生活雜貨雜誌裡的模特兒，坐在窗邊，喝茶，看海。

「我就知道你會再回來。」彎彎直接對亮亮說，站起來，為她準備了一個空杯子，盛上茶。

亮亮不知道現在這是什麼儀式，以茶代酒，為我們沉在水底的朋友乾一杯的概念嗎？亮亮打算先按兵不動。然而，彎彎倒茶的時候，亮亮發現了，彎彎的右手無名指上，戴著一枚戒指，正確地說，是鑽戒，不知鑽石是真是假，但看上去閃閃發亮。

「你上次跟過兩個警察來，對吧？」

陳亮亮點頭。

「打電話來問我丁亞東在不在的，也是你，對吧？」

陳亮亮再點頭。

「我老公都跟我說了，那是他朋友用他名字和照片上網交友，結果不小心跟女人借錢，他跟多少女人有往來，我們不清楚，也不想管，我老公也已經跟那個朋友絕交了，所以，你不要再來問東問西了！我同情你被騙錢，但是，請你相信自己，一定可以找到真正愛你的人的！」彎彎一口氣說完。

「不好意思，請問你老公是……」亮亮決定抽絲剝繭。

「就是丁亞東啊，還要問嗎？」彎彎做了個嗤之以鼻的表情。

「他……他是不是坐今天早上的飛機從台灣去金門，然後小三通回廈門？」

「什麼？你到底想問什麼，沒有呀，他說他要下個月才會來！而且他一直住在上海，怎麼會去金門呢，我們剛剛才通完話啊！」

看來，何天盟真的是一個集團，有無數無數個分身，一個栽進河裡還有無數無數個何天盟，或丁亞東，或程明偉。

「那，對不起，我搞錯了，坐在飛機上的可能是你老公的朋友。我可以冒昧請問你，你……你見過你老公、本人了嗎？」

彎彎嘆了一口氣。「沒有。我就知道你們都想問這個問題，我從不說謊，所以我很誠實地說，沒有。我頭腦也沒有壞掉，我們沒見過面，但我們很相愛，我們結婚了，就是這樣。」

「沒見過面，怎麼結婚呢？」

彎彎晃了晃手上的戒指。「他寄了戒指過來，我寄了戒指過去。他也寄了結婚登記證來，我簽名蓋章了，他說他們那邊戶政事務所審核要一點時間，但反正，我們是互許一生了……這些我上次都回答過了，他不是騙子，我也沒覺得被騙，他下個月就帶著結婚證來台灣，我們就會在台灣登記了。」

「上次都回答過……是有人來問過你嗎？」

「是啊，就是有個女的去報案，說她網路交友遇到騙子，然後銀行一查，發現她匯過去的帳號跟我匯錢給我老公的帳號是同一個，她就帶著警察來這裡了。問我一堆問題，我只好也反問我老公，當然啦，不是我老公，只是他照片和名字被他朋友盜用了嘛！哎呦，就我剛剛跟你說的那些嘛！你呢？你是不是也被騙了？」

「呃，不，不是我……是我朋友……」朋友這個詞真是世界上最偉大的發明。

「嗯，請她看開一點，一定會遇到更好的人的。」

「所以，你經常匯錢給你老公？」

「夫妻本是同林鳥嘛，本來就要一起承擔，他現在為了打造我們的家，需要錢周轉，我幫他是應該的，再說，他說那些投資很快就可以回收了。你知道嗎？因為他現在在公司的股份占很高，是主要合夥人，所以公司光是給他結婚津貼就有半年薪水耶，還提供酒店式公寓，他說我過去就可以住了。」

你是真笨還是假笨呢？陳亮亮快忍不住了！最不能忍受的是，她小說的主人翁原型在清麗可人的外表底下是顆愚蠢的腦袋！

「你怎麼知道，他沒有在騙你呢？」

「因為我相信他，他就不是在騙我。」

「那你怎麼知道，他是真的人呢？」

「我們每天都通話好幾次，每天晚上他都陪我聊天聊到我睡著他才掛電話。這樣還不真嗎？」

「你見過他嗎？我是說，視訊什麼的？」

「我們沒有視訊，因為他手機有問題。但是他每天吃飯傳照片給我，開會也傳，打高爾夫球也傳，就算跟朋友去酒店有叫小姐的那種，他也會傳。嗯，他……他洗澡時的，也傳過，我們說好，我們要對彼此百分之百誠實，百分之百信任。」

如果，如果程明偉給仲玲的故事版本為真，那麼就是程明偉看不下去這笨女人如此癡心，因此收手，但是他的同夥或上級接管了這個帳號繼續軟土深掘。

那麼，現在跟著機艙沉在水底的，是那個好心的程明偉嗎？

「你不想見到他嗎？真真實實的他？」陳亮亮問。

「當然想啊，他下個月就來台灣了。」彎彎說。

「他上個月也說下個月，上上個月也說下個月吧！」陳亮亮不知是路見不平，還是入戲太深，忍不住像個閨蜜想震醒彎彎。

沉默了幾秒，彎彎突然發出聲音了，她叫：「小姐。」

「小姐，你有抱過男人吧？」突然換彎彎發問。

「有……有啊。我有男朋友……我們住在一起……」陳亮亮反而不好意思起來了，但是我幹嘛跟她交代啊我，陳亮亮想。

「嗯，那麼你們每天抱著睡覺嗎？」

我的媽呀，這是什麼真心話大冒險，陳亮亮不想回答，但還是潦草敷衍過去。「沒有一定，想抱就抱。」

「那麼，你抱著他的時候，真的覺得抱著他嗎？」

「是，是吧。至少是有血有肉，有體溫，有重量的……」

「是啊，我每天晚上和丁亞東通話的時候，也覺得我抱著的他，是真的存在的，有血有肉，有體溫有重量，而且，不會消失的。」

好。我無話可說，祝你們幸福快樂。陳亮亮突然想起小文青時期最愛隨便引用的小說裡的兩句話。

「如果你還是不相信我，我可以告訴你，我覺得最真實的那次，說完我就不要再說了。那一天，我告訴他，我現在好想把我的頭靠在你的胸前，哪怕只有三秒鐘。他說，那我就緊緊抱著你，在你額頭上輕輕一啄。那個時候，我真的覺得感受到了他的體溫，他壯壯的手臂和肩膀，我真的可以把整個人都靠在那上面……」

天色慢慢暗下來了，陳亮亮看著彎彎的眼角浮出一層晶亮剔透的蒸汽。

彎彎揩了一下眼角，繼續說：「他說再過三秒，時間就靜止了。他叫我數到三，我真的數了，一、二、三。他說：好了，現在開始，時間就已經不存在了。從那個時候開始，我就真的覺得，我們已經永永遠遠都在一起了。」

彎彎說到做到，她真的不再說了。她起身，不再理會陳亮亮，開了電視，逕自入屋去。

尖銳的新聞播報，在屋內蔓延開來。電視新聞記者說，從下午到現在，搜救隊伍一無所獲，入夜之後，打撈將更困難，生還的機率也將更低……

那麼，我又在這渾水裡打撈著什麼呢？陳亮亮想。

如果何天盟、程明偉和丁亞東都是管他去死的騙子的代號，那麼，仲玲是真的人嗎？馬翠翠是真的人嗎？陳亮亮甚至無法像彎彎那麼篤定地回答。

她只能想像，想像她們都抵達了那溫暖厚實、不離不棄的沒有時間的所在。

（完）

問答代跋

我不過是神的影子寫手

提問／許婷婷（皇冠文化主編．本書責任編輯）

許婷婷（以下簡稱許）：可以請梓潔跟我們談談寫這個故事的契機嗎？一是題材，為什麼你會選擇「詐騙」這件事情來寫。另外是布局，這本書的第一個句子是：「自遇詐騙以來，她看什麼皆假。」這除了是一個很吸引人的開頭之外，幾乎也影射了整個故事虛實難分的情境。我在看這本書時，好幾次忍不住往前翻看，小心地確認人物之間的虛實關係。梓潔如何安排小說這麼複雜的故事線？或者，為什麼你要把它們弄得這麼複雜？

劉梓潔（以下簡稱劉）：這個問題，其實如果用圖解來回答，就很清楚了，如戲劇企劃書裡，要附上的人物結構圖。只是，在《真的》裡面，有三組在不同次元的人物。第一個圓，是馬翠翠和何天盟這組觸不到但騙得到的戀人，當看得心醉神迷時，鏡頭 zoom out，它變成了一個電視螢幕，或是一冊小說，假的。

在這個圓之外，是陳亮亮、仲玲、高原，這故事生產三人幫。他們有各自的境遇，正以為這三人活在「真實」世界中時，第三個圓又跑出來了，那是在故事之外的馬翠翠與何天盟，但他們是「真的」嗎？

所以，可以說整部小說的結構是：「故事」、「說故事的人」和「故事之外的真實的人」。而這三個圓並非各走各的，他們會彼此穿過虛實兩界之間的薄膜，附身或變身。

好吧，說得像奇幻玄怪小說了。但為什麼要搞得這麼複雜呢？話說從頭。最早觸動我寫詐騙題材的，是那則「台積電女博士與美國中情局局長網戀」的新聞。當然這類網路詐騙新聞時而有之，媒體與讀者也一面倒譏笑嘲諷這位女博士花癡、笨蛋、讀書讀到頭殼壞掉。有趣的是，大家顧著看戲與罵戲爛，卻沒人（包括警方與銀行）去想著把這個冒牌貨繩之以法。為什麼呢？因為女博士不覺得被騙，她沒報案，詐騙也就不成立。

在讀新聞資料時，有兩個東西打到我了。一個是，這位女博士秀出她的雲端情人寄來的婚戒，對記者堅信不移地說：「我的愛情是真的！」沒錯，騙子寄來了支票和婚戒，支票是假的，但婚戒是真的（暫不論純金與否），她的愛情也是真的。我自己在劇本裡，都寫過兩人年輕沒錢又相愛得火熱，就用可樂拉環來訂終身這種浪漫情節，我寫的時候，也覺得劇中人的愛情是真的。

第二個是，在一篇人物專訪中，我看到女博士的成長背景：彰化人，從小很會讀書，台中女中數理資優班，師大物理系，美國佛羅里達大學物理博士。

彰化小孩，台中女中，師大。我和她，二十二歲以前的人生履歷，乍看是相同的。但當然我是比較散仙、對課業得過且過、希望老師不要管我的那種。她的模樣，讓我想起高中時「十八班」（台中女中對數理資優班的稱呼）的有些同學，競競業業，求好心切，連馬尾都要紮得一絲不苟。當她們在準備參加國際奧林匹克競賽時，我在編輯社覆滿塵埃的社辦，拿針筆在完稿紙上畫框線。我想寫這個故事。念頭這樣種下了，但怎麼寫呢？聯絡上她，說我是您高中與大學的學妹，想要寫您的故事？貼身採訪寫成紀實報導？不對。如果是小說，應該全新虛構與創造，才不會絆手絆腳。

所以，就跟許多題材一樣，想寫，但還不知道怎麼寫，就暫且擱下了。

2014年，我決定搬回台中定居，和家人開始認真地找房子看房子，與仲介斡旋。我突然覺悟：這些仲介，根本詐騙集團啊！他們精準地偵測揣摩你的意志，搬出量身訂做的台詞，如果像我這種喜形於色的人，簡直一步踩上他們的砧板。

用我媽的話說，2007年，買第一個位在溪邊的小房子時，我就被「騙過」一次了。第一次去看屋時，門一打開，面山的大落地窗，打通的一大廳，我第一眼就打算跟那房子結成連理。仲介阿姨說著：「哎呀，有一對夫妻下訂了呢。」我馬上說：「我加碼。」真是笨得不得了，事後也被母親數落。她覺得我：「你就是自作主張，憨憨地被騙。」

但是，我就覺得如果我真的喜歡，價格也在預算範圍，並且也是合理的實價登錄值，為什麼要感覺被騙呢?!

所以這次看房，母親決定涉入保護我免於任仲介宰割，她不斷地說，仲介一隻嘴猴溜溜，你就算喜歡也不要表現出太喜歡，你有一百萬要買，就要說你只有五十萬，因為如果他知道你有一百萬，就會要你拿出一百五十萬。我覺得幹嘛呢！我喜歡就是喜歡，我有一百萬就是只有一百萬，再多也沒有了。對我來說，這才是「真的」。很有趣，當你一直保持純直剛正，就會讓自己像一面鏡子。別人的拐騙伎倆，會無所遁形。所以當仲介在演在唱在靠么，哦屋主也不是非要賣不可啦，啊有一組下訂了，哎呦我已經盡力在幫你談了屋主就是不願降價，我完全忽略，你演得開心就好。在房屋買賣市場中，每日在此行當千錘百鍊的仲介（或投資客）才是主角。

去年五月，幫襯仲介的戲碼終於巡迴完畢，換到了真實堅固的房子，就是我現在的家。那時，很確定長篇小說就要用「詐騙×仲介」這樣的實力組合，來演出本質就是虛構的小說。

村上春樹在那篇著名的演說稿〈永遠站在雞蛋那方〉裡說到：

> 當然，小說家並不是唯一會說謊的職業。眾所皆知，政客常常會說謊，外交官和軍人也會說謊，賣二手車的業務、肉商、建商也不例外。但是小說家的謊言，與以上這些人的不同在於，沒有人會因為小說家的謊言，而指責他不道德。事實上，小說家的謊言越大、越好、越天衣無縫，大眾和和批評家越有可能稱讚他。為什麼？
>
> 小說家藉著有技巧地說謊，藉著杜撰看起來是真的事物，可以在新的地方呈現真實、並且賦予新意。通常，我們不可能光憑事物的原型來掌握或描述真實，因此我們才抓著真實的尾巴，試著把真實從它躲藏的地方引出來、把它帶到某個虛構的場景，再變成虛構的形式。為了達到這個目的，自己內心必須明確地知道，真實在哪裡。這是編造厲害謊言的要件。

小說對我而言，像是一個挖掘和打磨的工具，在虛構中探究真實。所以，又增加了另一層「陳亮亮」這個影子寫手，來作為挖掘真相的主人翁。「影子」介於虛與實，影子寫手，既不代表作品也不代表作者，他的行動與功能，就在於「寫」而已。所以他可以是一個打字的人，一支筆，一個錄音筆，一雙眼睛，一個偵探。某種程度，我覺得小說家這個職業對我來說，就像是神的影子寫手。神可以換成造物者、老天爺、上帝，就是把「小說家」這個飯碗、把「寫」這個才能交給我的人。

我帶著這個飯碗與才能，去尋找在心中某處的真相。整部小說都在問：什麼是真的？真的在哪裡？

許：真相的不可掌握性，確實是這部小說最耐人尋味的地方。作為小說家，作為神的影子寫手，梓潔是把真相從藏匿之處挖掘出來，轉化到這部小說裡。我覺得每個人看完整個故事所認知到的「真相」可能會有落差，或者說每個人願意相信的「真相」大概不太一樣（這又讓我想起故事裡丁亞東被自己大腦騙的那段情節）。作為寫下這個故事的人，真相可能早在下筆前就已經存在於你心中的某處，那麼對於讀者呢？梓潔覺得，這本書有沒有可能挖掘出每個人心中的某個「真相」？

劉：這我不大有信心。（大笑）

的確，每個人心中都有那個真相或謎底，然而大多時候我們會把幻相當真相，這就是被大腦騙了。

梵文的「Maya」，是幻相的意思，《一個瑜伽行者的自傳》這部瑜伽精進練習者必讀的經典裡，作者尤伽南達解釋，Maya在宇宙不可度量與分割的真相中，製造出界線與分別。他也引述了美國哲學家愛默生名為「Maya」的詩：

幻覺牢不可破
編成無數的網羅
美麗的圖像不曾令人失望

層層堆疊，霧裡看花
相信魅惑之術的
是那些願受欺瞞的人

你騙得到的，就是那些相信你的人，所以相信什麼很重要。（笑）我因此將「Maya」作為小說上部的篇名。不過，瑜伽的教導與知識博大精深，我也還在學習與探索，儘管在虛構裡小說裡分享與引用致敬，都要非常謹慎。

那麼，如果世界都是幻相幻覺，我們不就是生來擺爛的嗎？反正什麼都是假的，我們就一路玩到掛吧。我也曾經有這種誤解。然而，一旦擺爛又是跟大腦那騙子同流合污了。容我再吊一下書袋，在尚·方斯華·何維爾和馬修·李卡德所著的《僧侶與哲學家》這本對談錄裡，講到：

當我們認識到世界的幻相性本質，倫理不會因此而無效。開了智慧之眼的人可以更細微地看到因果的運作。他知道該做什麼，該避免什麼，才可以繼續在道路上進步，繼續把快樂帶給他人。

許：這個故事的主題是「詐騙」，而其中的主角亮亮和仲玲都是「寫字的人」，寫字的人寫了一個關於詐騙的故事，兩者都必須擅於小心觀察、大膽捏造，甚至必須要有相當的想像力。讓騙子和作家在同一個故事舞台現身，是否有什麼特別的原因？

劉：我經常在想，寫作到底是什麼？是與神對話（心中那個至高無上的神？寫作之神？），還是與魔鬼交易？在我二十出頭歲，剛開始寫作時，有一陣子因為參加劇本比賽，每天晨昏顛倒，白天睡覺，天黑寫作，到永和分租公寓樓下的24小時豆漿店把宵夜當早餐吃。我和我的室友們見不到面，與世隔絕，覺得整個人都是漂浮的，那時候，我真的感覺到「魔鬼要來交換我的靈魂」了！我還很神經兮兮地跟寫作的同伴這麼說。

我不知道那時候我交換成功了沒，只知道我後來就變成作息正常不能熬夜的養生人士了（笑）。因為我想要活得健康一點，才可以寫久一點。

延續上面被大腦欺瞞的話題，我想寫作不僅止是與神對話、與魔鬼交易，更是與騙子較勁，與那個住在大腦裡的騙子。我（小說家）在做的事是想像與虛構，他（大腦）在做的事是挑撥與誤導，但我們又住在同一個身體裡，用同一個腦袋，同一個平台。我們兩人像在賽跑，看誰會先抵達終點，我想寫得下筆順暢有如神助時，就是領先他的時候。而自己寫得沾沾自喜或痛哭流涕，甚至感動得說不出話來的時候，就是打敗他的時候。

這是為什麼讓作家與騙子同台演出，並在螢幕內外，在現實的兩端較量。

許：全書由三個主角翠翠、亮亮、仲玲貫穿而成，她們有相同之處，也有不同之處，冥冥之中卻好像有著什麼把她們的命運彼此串聯在一起。某些時候，我甚至覺得她們像是三位一體，可以是面對感情的不同狀態、不同武裝。梓潔塑造這三名女主角時有沒有什麼特別的想法？對你來說，她們分別代表什麼？

劉：可能是身、心、靈吧。（大笑）

翠翠無論在小說（小說裡的小說）或現實（小說裡的現實）中，都是那個直接上戰場的肉身，亮亮是那個聰明靈活如彈珠跳來跳去的腦袋，仲玲，謎樣的存在，正如我們對靈魂的了解，好不容易現身，身體與腦袋卻沒了作用，靈魂還在，靜止不動。

在《遇見》裡，會用命運與機遇來構思這些小說中不同的人物，但我想在這兒不太一樣，我想藉她們三人，來探究「小說是怎麼被寫出來」。是雇一個影子寫手，遠端遙控就可以完成？還是，自己的過往人生都必須兌換成籌碼，押上小說這張賭桌？當小說中的人真的跑出來，而且小說裡是女神，現實是女神經病的時候，你該相信哪一個？該否認棄絕，或同情理解？名字或身體，可以代表一個人嗎？

當然這種變身或化身，可以用很目眩神迷的科幻來寫，但那就是另一回事了。我還是把她們拉回現實。

許：這個故事，說是詐騙，實際上講的愛情。「愛情」一直是梓潔的小說創作裡不變的命題，我想讀者也是跟著你小說裡的人物傷了很多回，愛了很多回。我們無法忘記〈親愛的小孩〉那些錯逝的愛情，或是〈遇見〉裡那些無疾而終的愛情。關於愛情，你想用《真的》這本書來說什麼？

劉：看到這裡，應該不會覺得這部小說是在講「愛情」了吧。（大笑）的確，一直都在寫愛情。也許這對我來說只是必較好下手的方式，我的硬碟裡有一部一直停留在開頭的日治時代家族史，偶爾拿出來添加一點東西，有次和朋友聊到這故事，朋友問我怎麼開頭，我說通姦。他馬上大笑，說果然就是你的風格！

很多人寫家族史會用戰爭、饑荒、流亡開頭，但到我這兒就變通姦，我想這就是所謂好下手。

探究真假，可以用《全面啟動》那樣的層層夢境，可以用《楚門的世界》那樣的實境喜劇，要寫詐騙，也可以是《偷拐搶騙》或《瞞天過海》那樣圈套環扣的佈局，但都不是我擅長。

如果限縮回愛情，《真的》也許就是在講愛情裡的真假吧。跟假人談真的戀愛，跟真人談假的戀愛，哪一個是真的？肉貼肉，就是真的愛情嗎？

有個在旅行中認識的女生朋友，她自己在外流浪了很多年，我遇見她時，她身邊是有個男伴的，兩個人看起來很要好。三四年後，她自己回到台北，約我吃飯，跟我說了當初那個男的其實在騙她，他因為自己的利益而接近她，做了非法的事（為當事人隱私，詳細內情暫略去），最後還上了法庭。離別前，她問他：那你真的愛過我嗎？男的沒回答。

兩人要分開受審，見不到面。一次在走廊押送途中，兩人錯身了，他們是被禁止交談的，但男的不惜與警方拉扯，用力掙扎，就是要回頭跟這女的說上一句話。

「他說什麼？」我記得當時我們坐在西門町的老江浙菜小餐館，我已經聽得熱淚盈眶。

「你猜？」她問我。

「我在騙你，但我真的愛你？」

「他說，」這女生朋友倒雲淡風輕：「我對不起你。」

我聽完坐在那小桌子邊，在冒煙的砂鍋旁哭個不停。

這是真的故事。這不是我的故事。但我就跟陳亮亮一樣，入戲太深。

許：嗯，真的（笑）。或者可以這麼說，愛情只是這個故事所穿上的衣服，或者是一幢房子的一扇門。看完梓潔前面所談的，這本書所帶給我的一些思考逐漸收攏在一起。《真的》所探究的像是一個更底層、更幽微而不可捉摸的情感真相，或是人生面向。那包括話語和心意之間的不同步，幻想與真實的落差，認知與實情的斷裂……哪怕單就個人極其微小的感覺，這一刻和下一刻也是不斷變化的。這讓我想起故事結局「沒有時間的所在」，一旦抵達沒有時間的所在，所有瞬間的感知都成為永恆。這個瞬間感知，對我來說是很接近「真相」的事物，對梓潔來說呢，這個沒有時間的所在代表什麼？你在什麼時候會感覺自己置身一個沒有時間的所在？

劉：應該就是那個不生不滅、不離不棄的地方吧。也許是靈魂源頭，也許是極樂世界。我的確在深層按摩、或冥想中，經驗過那種沒有重力、沒有時間的狀態，但是很短，可能只有幾分鐘，或者幾秒鐘。那時候會有一個念頭：我可不可以不要回去了？

在愛人的懷抱、在海島沙灘看夕陽、在溫泉旅館度假，也會有那種時間可不可以靜止，星期一可可以不要來、十二鐘響可不可以不要敲的期待，但是這不一樣，這是周遭什麼都沒有，無所眷戀，無所依附的平靜與安定。

然而眼睛張開之後，還是會想起必須截稿，便利商店還有網購貨品未取，還想再去一次義大利和北海道，心有罣礙與念求，地心引力就跑出來了，還是記住那份平靜與安定，腳踏實地過日子吧。

許：可以進一步談談你寫這個故事的經過嗎？有沒有寫得特別艱難的地方？

劉：最艱難的部分，還是卡在真假之間。

要對一個社會現實題材或新聞事件下手，最理想的方式是，除了資料蒐集之外，還能親身採訪到與案件有關的人，無論是受害者、加害者或警方。但這又牽扯到寫作者的權力與道德了。如果我採訪了某某受害者，只是想要摘取我覺得有意思的部分，來加以變形創造，這樣可以嗎？如果要做得完善一點，還得請對方簽署受訪同意書。所以，幾番考慮之後，我還是作罷。因為這部小說的主旨不是在為詐騙受害者發聲或仗義，小說不是紀錄片或新聞報導，我亦沒有要勸人向善或宣導法治。所以，還是用「臥底」的方式，在網路上蒐集資料。

拜詐騙猖獗與網路流通所賜，網路上有許多的經驗分享，還有詐騙防治互助社團，發現哪個網路帳號是騙子，就公布截圖，要姐妹們提防。其中我記得讀到一個蒙古單親媽媽的經驗，她說那男的打電話告訴她，已經來到蒙古找她了，但是錢包被偷，要她匯錢過去。電話那頭的背景音，真的傳來了呼和浩特車站的廣播！這媽媽問：你已經來了，為什麼不跟我見面呢？騙子以工作啊長官監控啊為由，說把錢打上就給她旅館地址。這媽媽真的到處去借錢，先把錢匯過去，得到一個旅館名稱，當然，她去到那兒，是找不到人的，並且永遠也找不到這個人。

我覺得那個「呼和浩特車站的廣播」真的太猛了，根本在拍電影。騙子可能在肯亞或馬來西亞，但是他有辦法做出這樣的背景音效。

又看到一個女的說，因為男網友用兩人的照片，做成一支感人浪漫的求婚ＭＶ，這種事她之前看得到摸得到的「真的」前男友們都沒做過，所以很自然地就相信他了，相信他，就把錢匯給他了。

另外，也有一些經驗豐富的女士，已經知道對方是騙子了，但只要守住最後一道防線：絕不匯錢，就可以繼續享受著對方的噓寒問暖，對方的貼心服務。有人每天陪她聊天聊到睡著，叫她寶貝，像是裝了一個雲端情人ＡＰＰ。

讓我意外的是，有些女人憤慨萬分，也有些女人自憐自省，說是自己太寂寞，心裡有個破洞，才會讓這些騙子乘虛而入，她只怪自己，上一次當，學一次乖。

的確，如果每個人接起電話，聽到你信用卡被盜刷、你有一筆退稅、你中了頭彩，或是媽媽我被綁架趕快來救我，開了臉書接到你好漂亮我想跟你交朋友的訊息，都不為所動，那麼詐騙就無機可乘。

許：這是你的第一部長篇小說，在這之前你有《親愛的小孩》和《遇見》兩部短篇小說集。你在寫長篇和寫短篇時的心境有什麼不一樣？著力點有何不同？

劉：我覺得不論短篇長篇，都是在丟出問題與解決問題。大的問題用長的篇幅解決，小的問題用短篇解決。所以，前兩本短篇小說集，每

篇小說問的問題都是比較小的，例如：孤獨、背叛、恐懼、偶然等
等。很多小說家寫了長篇之後，就不會再寫短篇。但我不會，如果
有個小小的痛點需要被挑起與治癒的時候，有個小小的創作的癮頭
的時候，我還是會寫個精巧輕薄的短篇來解決它。（事實上，現在
口袋裡已經有幾個這類「小症頭」了。）
那麼，與其說長篇是治重症，不如說是調身體吧。從體質經絡下手，
找到病兆，充滿耐心地調理。
若用房子來比喻，短篇是佈置一個小房間，長篇則是整地重蓋，每一
根鋼筋都要穩固，每天看著設計圖與工程圖，工期不能間斷，不能變
成爛尾樓，不能偷工減料，不然會垮，相較短篇，毅力非常重要。
這次是第一次寫長篇，很感謝《皇冠》雜誌讓我用每月連載的方式，
確保進度一直往前，不然我一定會無限期地拖延。

許：本書的題詞頁，梓潔引用德蕾莎修女的話：「到了終點，這是你與神
之間的事。這從來都不是你和別人之間的事，無論如何。」看完這個故

事，再仔細玩味這段話，很難不被深深震撼。人的愛恨常來自人與人之間的相處，但怎麼感受，怎麼詮釋，怎麼看待，卻又是自己一個人的事情。能否談談你引用這句話的緣由，你是在什麼情況下讀到這段話？

劉：就是在臉書上看到的一張臉友轉載的金句圖片。（笑）

我覺得，說人是被自己的大腦朦騙，並不意味為騙子漂白或開脫，詐騙仍然是犯罪行為。但是在現實的法治制裁之外，是不是還有一個在這之上的主宰者，會仲裁一切呢？

天堂或地獄，是我們看不到的。善報或惡果，不是積紅利或開罰單，那麼立即見效。壞蛋的下場，要嘛被殺，要嘛被關，但逍遙法外的仍很多。那麼，我們可以做什麼呢？我想，就是德蕾莎修女的這些話吧。

小說家必須更細微地看到世界的運作，不顧一切跪倒在真的善的美的事物腳下，甘願被收服；掐著假的惡的醜的事物的脖子，把它們揪出來，然後，給出你最好的。

許：出第一本長篇小說，壓力會不會很大？你希望評論家怎麼看待？想像過讀者是什麼樣的族群嗎？你期待自己成為一個什麼樣的小說家？

劉：寫作嘛，這從來不是我和別人之間的事。（笑）

我希望評論家們，看到我是一直在努力，並且有長進的寫作者。想像中的讀者，是覺得什麼都好玩的包容率直之人。

至於最後一個問題，嗯，把「小說家」改成「人」好了。我希望可以努力達到，思想言語行動都優雅精準，並且讓人感覺溫暖。當然，作品亦然。

國家圖書館出版品預行編目資料

真的／劉梓潔著 .-- 初版 .-- 臺北市：皇冠．2016.9
面；公分（皇冠叢書；第　種）
（劉梓潔作品集；03）
ISBN 978-957-33-3255-8（平裝）

857.7　　105013668

皇冠叢書第 4573 種
劉梓潔作品集 03
眞的
作　　者—劉梓潔
發 行 人—平雲
出版發行—皇冠文化出版有限公司
台北市敦化北路 120 巷 50 號
電話◎ 02-27168888
郵撥帳號◎ 15261516 號
皇冠出版社（香港）有限公司
香港上環文咸東街 50 號寶恒商業中心
23 樓 2301-3 室
電話◎ 2529-1778　傳真◎ 2527-0904
總 編 輯—龔橞甄
責任主編—許婷婷
美術設計—王瓊瑤
著作完成日期— 2016 年 6 月
初版一刷日期— 2016 年 9 月

法律顧問—王惠光律師

讀者服務傳真專線◎ 02-27150507
電腦編號◎ 548003
ISBN ◎ 978-957-33-3255-8
Printed in Taiwan
本書定價◎新台幣 320 元／港幣 107 元